David Mars

Magica Attrazione

Prima edizione cartacea e digitale: Ottobre 2021

ISBN: 9798751833190

Editing: Deborah Tessari

Progetto ed elaborazione grafica: Graphicanet
Sito Web: http://graphicanet.altervista.org
Facebook: Graphica Net

Immagini di copertina | Fokke Daarssen | Fabian Wiktor
Modelli in copertina | Krakenimages.com
Stock Foto | Shutterstock.com

Questa è un'opera di fantasia. Nomi, personaggi, luoghi e avvenimenti sono il frutto dell'immaginazione dell'autore. Ogni somiglianza a persone reali, vive o morte, eventi o località è puramente casuale.

La vita è un sonno,
l'amore ne è il sogno,
e avrete vissuto se avete amato.

Capitolo 1

«Piano, fai attenzione, c'è uno scoglio affiorante!» gridò Jim, mentre lo zio Alvin e Lennie Roberts si accingevano a prepararsi allo sbarco.

Si trovavano su un'imbarcazione molto attrezzata e, finalmente, erano giunti a destinazione dopo parecchie ore di navigazione. Quella era l'ultima isola delle Piccole Antille che era loro compito visitare con il compito di accertare il rischio di eruzioni vulcaniche in una zona a esse estremamente soggetta.

Dall'entusiasmo dimostrato da Jim sembrava, però, che non fossero passati due mesi di duro lavoro da quando si erano messi in viaggio.

«Calma figliolo, l'ho visto,» gli rispose Lennie, «non ti preoccupare, mi pare di aver dimostrato di essere un buon marinaio.» Questi era un bell'uomo sulla quarantina, geologo di nota fama, che condivideva con Jim, biologo alle prime armi, la gioia per la scoperta di ogni nuovo posto. «Potremmo ancorarci in quella baia laggiù,» riprese, indicando un punto sulla costa dell'isola che ormai si stagliava nettamente di fronte a loro. «Tu che ne dici, Alvin?» aggiunse.

«Mi pare una buona idea» rispose l'interpellato, «anche perché sono stanco di stare in barca e non vedo l'ora di mettere piede a terra.»

Poco dopo lasciarono la barca e, con il canotto si avvicinarono a riva.

Quella era l'ultima tappa del loro viaggio ma anche la più importate perché, dai dati che gli erano stati forniti, sembrava che proprio il vulcano di quell'isola avesse ripreso l'attività e rappresentasse perciò un pericoloso focolaio d'eruzione.

L'equipe, composta da quattro uomini più Jim, era capeggiata da Alvin, lo zio del giovane biologo, un esperto vulcanologo che lavorava col fratello, il padre di Jim, rimasto in America ad analizzare i dati che la squadra gli forniva costantemente. Florian e Lennie, gli altri due componenti della spedizione, lavoravano con loro da molti anni e oltre a un ottimo affiatamento erano uniti da una sincera amicizia. Markus, l'ultimo componente del gruppo, era il fidanzato di Jim, e si era trovato invischiato in quell'avventura senza nemmeno rendersene conto. Anche lui come Lennie era un geologo, ma si era laureato da poco e, dal suo temperamento, si capiva che sarebbe stato più adatto a stare dietro a una scrivania piuttosto che a partecipare a una spedizione come quella.

Una volta sbarcato, Jim si fermò sulla riva: nonostante fosse ormai da parecchio tempo che si trovavano nelle

Piccole Antille, il giovane non era ancora riuscito ad abituarsi a quello scenario meraviglioso e, ogni volta che raggiungevano una nuova isola, non riusciva a sottrarsi all'incanto che il paesaggio gli suscitava.

Il mare dal blu intenso sfumava nei toni del verde e del celeste pallido e, attraverso quelle acque incredibilmente trasparenti, si poteva vedere chiaramente il fondale, tra i cui scogli nuotava un'incredibile varietà di pesci multicolori. Jim osservava ammirato quell'acquario naturale, fonte di continue sorprese e di affascinanti scoperte.

Spostò poi lo sguardo sull'isola alle sue spalle che appariva, se possibile, ancora più bella delle precedenti: ai limiti della lingua di sabbia candida sulla quale erano sbarcati, lambita dalle onde cristalline, si ergevano alti e sottili palmizi che costituivano, insieme al sottobosco, una fittissima vegetazione che si arrampicava sulle pendici di un vulcano che svettava maestoso contro l'azzurro del cielo. Il silenzio era rotto solo dallo sciabordio delle onde sullo scafo del canotto e dal leggero sciacquio della risacca.

Jim notò, sul lato orientale dell'isola, le recinzioni di filo spinato della base militare, della cui esistenza erano stati avvisati e alla quale era vietato avvicinarsi per motivi di sicurezza. Vide poi, sulla zona più elevata dell'isola, quasi nascosto nel verde della vegetazione, quello che sembrava il tetto a cupola di un osservatorio astronomico. *Beh, non è così strano,* pensò, *che qualcuno venga a stabilirsi qui, lontano da tutto e da tutti, per studiare le stelle...* Provò a immaginare chi potesse essere l'occupante dell'osservatorio: probabilmente un vecchio astronomo stanco del mondo civile e desideroso di un po' di pace. La voce dello zio lo strappò ai suoi pensieri: c'erano molte cose da fare ora che erano sbarcati.

Si rivolse a Markus, cercando di sollevare una pesante tenda: «Dai, Markus, aiutami a portare questa tenda che così iniziamo a montarla,» gli disse, vedendolo inattivo seduto su uno scoglio a osservare gli altri che si davano da fare per montare il campo.

Markus alzò gli occhi al cielo: quel tipo di vita iniziava a stancarlo e cominciava a detestare anche i suoi colleghi che lo richiamavano sempre all'ordine.

«Arrivo,» rispose con voce strascicata, maledicendo dentro di sé Jim e suo padre che lo avevano coinvolto in quel viaggio. Lo guardò: quel ragazzino con l'argento vivo addosso indubbiamente non gli dispiaceva, con il fisico snello e scattante, i capelli che gli incorniciavano il volto dai tratti delicati in cui risaltavano gli immensi occhi grigi, a volte freddi come il ghiaccio, altre caldi e sensuali. Sì, Jim era quello che cercava, un ragazzo intelligente, di bella presenza, che sapeva stare al proprio posto. E poi non bisognava dimenticare che era il figlio di Konrad Semay, il famoso vulcanologo. Sposandolo avrebbe fatto il più grosso affare della sua vita, sotto tutti i punti di vista.

«Dai sbrighiamoci,» lo sollecitò il fidanzato, «così poi potremo esplorare questo paradiso terrestre. Non vedo l'ora di andare in perlustrazione,» continuò in tono concitato. «Mi avevano parlato di questo posto, ma non immaginavo un simile paesaggio. È di gran lunga l'isola più bella che abbiamo visitato finora,» concluse quasi senza fiato.

«Diamine!» esplose Markus, «ma non sei mai stanco? Io non ce la faccio più e non so proprio che cosa darei per starmene a casa mia in poltrona, in questo momento, a leggere il giornale. Smettila di starmi appresso,» aggiunse alzando la voce. «Sono stufo di vederti saltare qua e là come un grillo. Sono stufo di sentirmi dare ordini. Hai capito?» Markus si era reso conto delle parole irate che uscivano dalle sue labbra, ma quello scatto di rabbia era il risultato di giorni e giorni di compressione.

«Nessuno ti ha obbligato a venire,» ribatté Jim con calma, anche se dal tono della sua voce si intuiva una collera a stento trattenuta. «Non sono stato io a chiedere a mio padre di mandarti qui, questo lo sai benissimo. Io amo il mio lavoro e se mi vedi saltare come un *grillo*, come dici tu,» aggiunse sottolineando la parola, «è solo perché non vedo l'ora di indossare la muta e di andare a esplorare i fondali di quest'isola.» L'ira aveva alterato i suoi bei lineamenti. «Se tu amassi il tuo lavoro non vedresti l'ora di salire sul vulcano,» riprese indignato, «e invece non fai altro che lamentarti per qualsiasi cosa ti si chieda.» Lo fissò con aria indignata. «Ma ti rendi conto che siamo tutti stanchi? Chi ti credi di essere?» la voce di Jim si era fatta secca, il viso tirato.

«Scusami,» rispose Markus, «hai ragione, mi sto comportando male, ma dopo tanto tempo che siamo lontani da casa sento il bisogno di un po' di tranquillità,» disse cercando di giustificarsi. «Sono esausto,» continuò, «è da tanto che non stiamo un po' insieme.»

«Ma cosa dici? Se stiamo insieme tutto il giorno!» ribatté aspramente Jim.

Markus lo guardò furioso. L'ultima cosa che avrebbe voluto fare in quel momento era litigare con Jim.

«Non volevo dire questo,» puntualizzò cercando di calmarlo, «quando dico che è tanto che non stiamo insieme, intendo tu e io da soli.» Parlando gli aveva preso la mano e lo guardava intensamente negli occhi.

«Sì, hai ragione,» ammise Jim, rendendosi conto che Markus non aveva poi tutti i torti. Era vero, in quei giorni aveva cercato di evitarlo, ma era stato proprio quel suo atteggiamento svogliato ad allontanarlo da lui.

Quando avevano deciso di fare coppia fissa, Jim sapeva benissimo di non amarlo, la loro era una solida amicizia basata sulla stima e sul rispetto. Jim aveva creduto di poter instaurare così un legame stabile sul quale appoggiarsi per tutta la vita. Aveva deciso di rinunciare all'amore, quello con la *A maiuscola*, dopo quanto era successo tre anni prima.

Jim fissò la distesa infinita del mare che si offriva al suo sguardo, quasi immobile, eppure agitato da segrete e invisibili correnti. In un certo senso gli assomigliava: ora affrontava il proprio rapporto con Markus cercando nell'altro uomo sicurezza e tranquillità. Tentava di ignorare le correnti misteriose e violente dell'istinto presenti dentro di sé che avevano avuto, una volta, il sopravvento.

Tre anni prima l'incontro con un uomo più maturo di lui, così diverso dai suoi coetanei, aveva rivelato quelle correnti, scatenando un incendio che l'aveva bruciato, lasciandogli un segno indelebile. L'aveva amato, sì, amato di una passione di cui non si sarebbe mai creduto capace, per poi ritrovarsi solo. Da un momento all'altro quell'uomo era scomparso dalla sua vita facendolo precipitare nella disperazione. Il dolore e la sofferenza provati erano stati troppo intensi perché potesse dimenticarli, e sufficienti a fargli costruire, nei mesi che erano seguiti, una dura corazza protettiva e impenetrabile. Da allora aveva deciso che il suo rapporto con ogni altro uomo si sarebbe basato solo sulla ragione e sull'affetto, mai più sull'istinto e sulla passione. Non voleva più star male in quel modo, non avrebbe più permesso a un altro uomo di farlo soffrire così tanto.

Per quel motivo aveva scelto Markus: gli pareva che potesse offrirgli tutto ciò che lui desiderava in quel momento. Ma dopo la lunga convivenza di quei mesi, spesso il suo atteggiamento gli faceva nascere dei dubbi che invano tentava di fugare. Solo in quel momento iniziava a capire che lo studente di geologia che lui aveva creduto di conoscere non era la stessa persona che ora gli stava di fronte. Markus non condivideva la sua passione per quelle spedizioni avventurose, per quella vita movimentata. Markus amava la tranquillità, la pace, un'esistenza calma e senza scosse. Finalmente lo vedeva sotto una nuova luce: quegli ultimi due mesi erano serviti a mettere a nudo la sua vera personalità. Era ancora sicuro di voler dividere la sua vita con lui? Con quel ragazzo davanti a lui, che gli stringeva le mani cercando di riportare la pace, la serenità fra di loro…

«Scusami,» riprese Jim, «ma anch'io sono stanco, il lavoro mi assorbe totalmente, tu sai quanto sia importante per me questo viaggio… È la mia grande occasione,» continuò infervorandosi, «e non voglio perderla. Amo troppo questo tipo di vita per poter pensare di rinchiudermi in un laboratorio a guardare vetrini, mentre altri raccolgono materiale al posto mio.» Lo guardò negli occhi. «Ti voglio bene e questo lo sai,» concluse e lo abbracciò.

«Anch'io ti voglio bene,» gli sussurrò Markus, «e te lo dimostrerò,» concluse, dirigendosi verso il gruppetto poco lontano indaffarato in varie attività.

Jim lo guardò allontanarsi: gli voleva bene, era vero, ma ormai sapeva che Markus, per quanti sforzi potesse fare, non sarebbe mai stato l'uomo che lui desiderava.

Un movimento sulla superficie immobile dell'acqua attrasse la sua attenzione. Un gruppo di delfini emerse dall'acqua chiara compiendo delle evoluzioni molto divertenti. Distratto dai suoi pensieri, Jim seguì i loro giochi, ammirando l'eleganza e l'agilità di cui parevano far sfoggio apposta per lui.

«Festeggiano il nostro arrivo!» esclamò rivolto ad Alvin, che gli si era avvicinato e che annuì sorridendo. Poi si mise anche lui al lavoro.

Capitolo 2

Il tramonto tingeva con lingue di fuoco l'orizzonte e la luna era appena sorta. I geologi avevano finito di montare il campo e si accingevano ai preparativi per la cena frugale che tra breve avrebbero consumato. Jim si era allontanato lungo la spiaggia in cerca di un luogo dal quale cominciare le immersioni il giorno dopo.

Nel campo l'attività ferveva: ognuno aveva il proprio compito, solo Markus era un po' in disparte, appoggiato al tronco di una palma, con l'espressione annoiata.

«Markus!» la voce di Alvin lo fece sobbalzare. «Allora, ti sei seduto di nuovo? C'è parecchio da fare ancora!» gridò. «Se non collabori, resterai senza cena!»

Brontolando, Markus si alzò lentamente per unirsi agli altri: detestava decisamente quella vita. Aveva appena mosso pochi passi in direzione del campo, quando un rumore nella boscaglia alle sue spalle lo fece voltare. Pensando si trattasse di Jim, avanzò tra la vegetazione per andargli incontro.

«Ehi, tesoro!» lo chiamò. «Sei tornato finalmente! È ora di cena e...» Si interruppe improvvisamente. Di fronte a lui era comparso uno sconosciuto alto e bruno che lo fissava con aria decisamente ostile. Indossava un paio di jeans scoloriti che modellavano le gambe snelle e muscolose e una camicia azzurro cupo, intonata al colore dei suoi occhi intensi e penetranti, camicia che lasciava intuire le spalle ampie e il torace possente. Tutto in lui, a cominciare dal volto abbronzato, denotava l'uomo abituato a vivere all'aria aperta e capace di fronteggiare ogni tipo di avversità.

Nei confronti di quell'uomo dall'aria arrogante e sicura di sé Markus provò un'improvvisa antipatia, aumentata dal tono freddo e ostile con cui lo sconosciuto lo apostrofò.

«Chi è lei?» domandò infatti con una voce dura che non aveva nessuna intenzione di essere cortese.

«Potrei rivolgerle la stessa domanda!» rispose Markus con malcelata irritazione. «Io sono qui per conto del governo e non so chi sia lei né che voglia da me.»

«Ah, dunque fa parte dell'equipe dei geologi!» commentò l'altro in tono inequivocabilmente spregiativo, senza rispondere alla domanda di Markus.

Questi montò su tutte le furie. «Insomma, chi è lei e come si permette di parlarmi in questo tono?» proruppe irosamente.

L'uomo gli lanciò uno sguardo ironico, senza scomporsi minimamente. «Mi chiamo Steven Stuart,» rispose laconicamente, «e sono un astronomo,» concluse senza aggiungere altro.

Markus lo fissò perplesso, ma prima che avesse il tempo di replicare udì alle proprie spalle la voce di Lennie.

«Markus, ma dove ti sei cacciato?» esclamò questi, sbucando improvvisamente tra le piante. La presenza dello sconosciuto lo lasciò per un attimo senza parole. «Questo signore...» cominciò poi.

«Mi chiamo Steven Stuart,» tagliò corto il suddetto signore, «e vorrei parlare con il capo dell'equipe,» aggiunse in tono autoritario.

Visibilmente seccato Lennie non trovò di meglio da dire che: «Mi segua, l'accompagno al campo.» E, voltategli le spalle, si diresse a grandi passi verso l'accampamento, seguito dagli altri due.

Al loro arrivo, gli altri componenti dell'equipe osservarono con diffidenza quello sconosciuto che li squadrava con ostilità. Dopo aver loro rivolto un saluto freddo, il signor Stuart, fattosi indicare Alvin, lo apostrofò senza preamboli: «Signor Semay,» gli disse, «sarebbe bene, per la tranquillità di tutti, che voi sbrighiate al più presto il vostro lavoro e lasciaste l'isola quanto prima.»

«Signor Stuart,» ribatté freddamente lo zio di Jim, «non abbiamo bisogno che qualcuno ci dica che cosa dobbiamo fare: siamo qui con un compito ben preciso, e solo quando avremo finito tutti i nostri accertamenti ce ne andremo.»

«Ah, sì, il vulcano.» La voce del signor Stuart si fece pesantemente ironica. «Non vedo perché dovrebbe svegliarsi ora, dopo tanti anni.»

«Questo non è affare suo,» ribatté Alvin. «Lei si occupi del suo osservatorio e ci lasci lavorare. Anche perché,» aggiunse, «non vedo quale interesse e soprattutto quale autorità lei abbia per sollecitarci a lasciare al più presto l'isola.»

Steven ignorò le ultime parole del vulcanologo, quegli uomini erano indubbiamente testardi e decisi, non sarebbe riuscito a scoraggiarli tanto facilmente.

«Lei sa benissimo, immagino,» riprese, «che su quest'isola si trova una base militare e quindi qualunque intruso,» sottolineò la parola, «potrebbe creare dei problemi.»

Alvin non si lasciò smontare dall'atteggiamento dell'altro. «Per quanto ci riguarda,» rispose, «l'intruso potrebbe essere lei. Comunque le ripeto che noi siamo qui per conto del governo e dobbiamo svolgere il nostro lavoro. Quello che fa la base militare non ci riguarda, e stia tranquillo,» aggiunse freddamente, «non arrecheremo nessun disturbo, né a lei né ad altri.»

«Staremo a vedere,» commentò gelidamente Steven. «Arrivederci,» concluse, abbozzando un ironico inchino. Poi voltò loro le spalle e poco dopo scomparve nella boscaglia.

Una ridda di commenti e di esclamazioni indignate si alzò tra i geologi.

«Ma chi si crede di essere, quello?» sbottò Alvin, «per impartirci ordini in quella maniera!»

«E che aria arrogante!» rincarò Lennie. «Da padrone del mondo.»

«E quell'atteggiamento di disprezzo nei nostri confronti?» Fu Markus a parlare. «Se mi capita sottomano...»

«Su, su, Markus,» cercò di calmarlo Alvin, «non mi sembra proprio il tipo che si lascia spaventare tanto facilmente... Sarà meglio ignorarlo e continuare a fare il nostro lavoro in santa pace.»

Markus tacque. Ci mancava un superuomo prepotente a peggiorare la situazione!

Mentre gli altri continuavano a discutere sul da farsi, Jim tornò al campo. Aveva un'aria se possibile ancora più entusiasta di prima e gli occhi gli brillavano.

«Quest'isola è veramente il paradiso terrestre!» esclamò allegramente. «Ho trovato un posto... Ma cosa avete?» domandò interrompendosi, notando l'aria cupa degli altri.

«Qualcuno si è messo in mente di impedirci di lavorare,» rispose astiosamente Markus, «come se tutto il resto non fosse già abbastanza!»

«Non esagerare, Markus!» lo riprese Alvin. «E non dipingere la situazione troppo nera. Sei il solito pessimista.»

Markus, seccato, non ribatté, mentre Alvin raccontò a Jim dell'incontro-scontro con l'astronomo. Anche Jim si indignò contro l'estraneo.

«Vorrei proprio vederlo per dirgliene quattro!» esclamò in tono battagliero.

«Penso che l'occasione non ti mancherà, mio caro,» replicò Alvin, sorridendo per l'irruenza del focoso nipote. «Per il momento, però, dimentichiamo questo spiacevole incidente,» continuò, «piuttosto raccontaci quello che hai visto e di cui sembri tanto entusiasta.»

A quelle parole gli occhi di Jim si illuminarono di nuovo. «Ho scoperto un posto stupendo!» esclamò. «Dall'altra parte dell'isola c'è una lingua di sabbia bianchissima orlata di palme, l'acqua vicino alla riva è quasi bianca, poi diventa celeste, poi azzurra, poi verde, poi blu...» aggiunse con aria sognante. «Si vedono vicino alla superficie dei pesci magnifici, di mille colori... Insomma, il posto più bello che abbia visto finora,» concluse.

«Comincerai da lì le tue immersioni?» gli chiese lo zio, divertito da quell'enfasi.

«Certo!» esclamò Jim. «Non potrei trovare di meglio! Comincerò domani mattina all'alba.»

«Allora,» riprese Alvin, «sarà il caso che tu vada a prepararti per la notte. Sarai stanco e ti aspetta una giornata faticosa,» aggiunse affettuosamente.

«Okay, capo. Ai tuoi ordini,» rispose Jim con un sorriso birichino, dirigendosi verso la propria tenda.

Alvin seguì con lo sguardo la figura sottile che si allontanava quasi danzando. Voleva molto bene al nipote e andava convincendosi ogni giorno di più che aveva fatto benissimo a portarlo con sé. A parte le sue indubbie qualità professionali, il suo inesauribile entusiasmo costituiva un incentivo per l'intera equipe, eccettuato forse Markus.

Quel ragazzo non sembrava assolutamente a suo agio in quell'ambiente. Alvin non riusciva a capire come, con quel carattere così apatico, potesse andare d'accordo con l'esuberanza di Jim. *In fondo non sono fatti miei*, si disse infine, *sono ambedue grandi e vaccinati*. Poi si alzò, dirigendosi verso la tenda a lui riservata.

Nel frattempo, Jim indugiò ancora a contemplare la distesa dell'oceano illuminata da una falce di luna che risplendeva nel cielo tempestato di stelle. Lo sciacquio leggero delle onde sottolineava la pace che regnava nell'isola e lui era nuovamente rapito da quell'incantesimo a cui non riusciva a sottrarsi.

«Finalmente un po' da soli!» La voce di Markus stridette con il silenzio che li circondava e Jim ne fu irritato. Decisamente quel ragazzo a volte era proprio inopportuno.

Lui intanto gli aveva cinto le spalle e con le braccia gli sfiorava il collo sottile. «Che ne diresti di appartarci un po', tesoro?» gli mormorò mentre le sue mani lo percorrevano febbrilmente.

Un inspiegabile senso di fastidio si impadronì di Jim, che si divincolò da quell'abbraccio.

«Non ora, Markus,» gli rispose, cercando di nascondere la sua irritazione. «Sono stanco e vorrei riposare,» aggiunse un po' troppo seccamente.

«Come vuoi,» borbottò l'altro. «Buonanotte», aggiunse, allontanandosi con aria offesa.

Jim emise un sospiro di esasperazione: possibile che Markus non capisse proprio certe cose? Certo però, a ripensarci, anche lui, soprattutto negli ultimi tempi, lo evitava senza mai una ragione precisa. O forse una ragione c'era, ma lui non voleva ammetterla. *Quanti problemi,* pensò, *cerchiamo di goderci questo posto stupendo, visto che poi si tornerà a casa.* Il pensiero del ritorno lo riempiva di tristezza. Non riusciva ad abituarsi all'idea di riprendere la solita vita, il solito trantran, rivedere le solite persone... La stessa vita di laboratorio gli appariva monotona e deprimente. E poi c'era Markus che voleva sposarlo e che, al ritorno, sarebbe diventato impaziente di regolarizzare il loro rapporto.

Allontanò tutti quei pensieri e aprì la cerniera della tenda. Per il momento era meglio abbandonarsi a un bel sonno ristoratore nel quale dimenticare i dubbi che in certi momenti si impossessavano di lui e non gli davano tregua.

Il mormorio del mare lo cullò fino a quando sprofondò nell'incoscienza.

Il sole si era da poco alzato e Jim stava preparando l'attrezzatura da sub per immergersi.

«Buongiorno,» disse una voce alle sue spalle. «Mattiniero come sempre...» considerò Lennie, uscendo dalla sua tenda.

«Ben alzato, Lennie,» rispose Jim. «Non riuscivo più a dormire. Quest'isola mi ha stregato dal primo momento in cui ci ho messo piede,» spiegò Jim sorridendo. «Un goccio di caffè?» gli chiese poi. «L'ho preparato poco fa.» E senza aspettare la risposta versò il liquido fumante in due tazze, offrendone una al collega.

«Senza di te non so proprio come potremmo fare,» disse Lennie con un sorriso. «Sei l'angelo della compagnia. Grazie, mi riporti al mondo,» aggiunse poi, sorseggiando il suo caffè. «Ma non è troppo presto per immergerti?» continuò. Ma Jim non lo ascoltava già più e stava infilando la muta e le bombole dentro uno zaino. «Ehi, sto parlando con te!» riprese Lennie. «Sono appena le sei.»

Jim si fermò e si voltò a guardarlo. Lennie gli era molto simpatico, forse anche perché gli ricordava suo padre, con la sua aria protettiva e sempre in cerca di qualcuno che lo stesse ad ascoltare.

«Ma piantala!» esclamò ridendo. «Anche se fossero le tre di notte nessuno riuscirebbe a trattenermi qui al campo. Ho troppa voglia di andare a vedere cosa c'è là sotto,» disse indicando il mare, che quella mattina sembrava fondersi con il cielo tanto era chiaro. «Non preoccuparti,» riprese sorridendo, «so quello che faccio. Ho dormito bene e mi sento in forma come non mai… Del resto puoi constatarlo da solo.» Così dicendo fece una piroetta su se stesso.

«Vattene,» rispose Lennie, con un sorrisetto malizioso, «se non vuoi che perda il controllo delle mie azioni. Sirenetto.»

Tutti e due scoppiarono in un'allegra risata.

«Ssst… o svegliamo tutti,» riprese Lennie. «Vieni,» aggiunse, «ti aiuto a mettere lo zaino sulle spalle.» Così dicendo diede una mano a Jim a prepararsi.

«Grazie,» fece Jim quando fu pronto, dandogli un affettuoso bacio sulla guancia. «Dillo tu agli altri dove sono, buon lavoro e non disturbate troppo il vulcano!» concluse allegramente.

Poi si mise in marcia, allontanandosi in direzione della baia che aveva scoperto il giorno prima. Dopo un quarto d'ora, la raggiunse.

Illuminato dalla luce dell'alba, la spiaggetta della piccola baia appariva ancora più suggestiva di quanto gli fosse sembrato il giorno prima. I raggi del sole si riflettevano sulla sabbia candida facendola risplendere. Piante di un verde incredibilmente brillante protendevano i loro rami verso l'acqua trasparente e quasi immobile. I colori del mare erano ugualmente incredibili e Jim pensò che nessun genere di fotografia avrebbe mai potuto rendere l'incanto di quello spettacolo. Il silenzio era assoluto. Un uccello strano, con la testa rotonda e lunghe zampe, giunse saltellando sulla sabbia, procedendo indisturbato nonostante la sua presenza e lasciando dietro di sé una fila irregolare di impronte leggere.

Un grosso granchio emerse dall'acqua limpida e arrancò su uno degli scogli che circondavano la baia da tutti e due lati. Intanto, una leggerissima brezza increspava la superficie del mare, creando una scintillante fantasia di colori. Jim, immobile sulla riva, contemplava quello spettacolo senza riuscire a sottrarsi al suo incanto. Infine si riscosse: il biologo in lui ebbe il sopravvento e fu preso dall'inarrestabile desiderio di andare a esplorare quelle meravigliose profondità sottomarine.

Indossate rapidamente la muta e le bombole iniziò l'immersione. Ciò che il mondo sommerso gli riservava era ancora più incredibile di quello che aveva ammirato dall'esterno. In prossimità della superficie, la magica trasparenza dell'acqua, in cui si immergevano i raggi del sole, creava fantastici effetti di luci iridate che si riflettevano tutto intorno. Una fauna e una flora variopinte e multiformi offrivano agli occhi uno spettacolo indimenticabile.

Una volta raggiunta una maggiore profondità, dove la luce del sole non filtrava quasi più, se non sotto forma di sottili lame dorate, Jim accese la torcia per illuminare meglio la muraglia d'acqua verde-azzurra che lo circondava. Rimase senza fiato: intorno a lui nuotavano pesci più colorati dell'arcobaleno, gialli striati di nero, verdi bordati di rosso, viola, arancione e di tutte le tonalità immaginabili, che lo sfioravano senza quasi accorgersi della sua presenza. Piante e alghe sottomarine, anch'esse dalle tinte sgargianti, si abbarbicavano sugli scogli formando complesse composizioni che rendevano lo scenario ancor più fiabesco.

Jim nuotò lentamente in mezzo a quel mondo incantato: erano indubbiamente i fondali più belli che avesse mai visto fino a quel momento. Un polipo allungò, a pochi passi da lui, i tentacoli per afferrare una preda, poi si ritirò nella sua tana, all'interno di uno scoglio. Jim seguì i suoi movimenti, ma infine tornò alla realtà: era lì per prelevare dei campioni da analizzare ed era ora che cominciasse il suo lavoro senza farsi ulteriormente distrarre da quel favoloso mondo sommerso. Le bombole d'ossigeno avevano una durata limitata.

Appoggiato alla balaustra della terrazza dell'osservatorio, Steven scrutava pensosamente il mare sottostante illuminato dal pallido sole dell'alba. Nulla turbava in quel momento la magica pace dell'isola. Solo qualche uccello lanciava di tanto in tanto un grido di richiamo attraverso la fitta vegetazione, poi la calma tornava nuovamente a regnare. L'osservatorio era situato in una zona strategica, in modo che da esso fosse possibile dominare buona parte dell'isola e della distesa cristallina che la circondava.

Nonostante un'apparenza rilassata, i lineamenti di Steven denotavano una certa tensione. Una nuova preoccupazione si aggiungeva a quelle che già lo assillavano. L'arrivo del gruppo di geologi sull'isola non poteva, infatti, che rappresentare un'ulteriore fonte di problemi per lui, che, in realtà, era un agente governativo inviato sull'isola, alcune settimane prima, sotto le mentite spoglie di un astronomo, per indagare su una fuga di notizie dalla base militare. All'interno di questa si lavorava a un importante progetto segreto e, da alcuni indizi, si temeva vi fosse, tra il personale, qualcuno che passava informazioni a un governo straniero. La faccenda era estremamente delicata e il compito di Steven era particolarmente arduo. L'agente si doveva infatti muovere su un terreno minato e non poteva permettersi alcun errore. Fino a quel momento, a parte qualche sospetto, non sostenuto però da alcuna prova, Steven non aveva fatto molti progressi sul caso e questo contribuiva a mantenerlo in uno stato di tensione che l'arrivo dei geologi non alleviava certamente.

Ripensò alla discussione avuta con loro la sera precedente e constatò con irritazione che non poteva fare assolutamente nulla per impedire loro di compiere le ricerche, anche se la possibilità di un'eruzione gli appariva alquanto improbabile. D'altra parte, si disse con ironia, quello non era affare suo…

Le sue meditazioni vennero improvvisamente interrotte: verso l'estremità dell'isola, proprio vicino ai confini che delimitavano la base militare, aveva scorto una figura in muta da sub che pareva in procinto di tuffarsi. Un incauto sommozzatore o qualcosa d'altro?

Insospettito e allarmato, Steven scese rapidamente le scale che dall'osservatorio conducevano in mezzo alla fitta boscaglia e al sentiero che raggiungeva la spiaggia sottostante. Chiunque fosse l'intruso e qualsiasi cosa volesse, era compito suo accertarsi che fosse innocuo. Percorse rapidamente il sentiero aperto in mezzo alla rigogliosa vegetazione di palmizi e arbusti che si aggrovigliavano, formando una muraglia verde in certi punti impenetrabile. Attraverso il fitto fogliame filtrava la luce del sole ed era possibile, di tanto in tanto, scorgere l'azzurro intenso del mare sottostante, mentre un tappeto di fiori tropicali dai colori brillanti ricopriva alcuni tratti del sentiero emanando un profumo intenso e penetrante.

Ma quello spettacolo affascinante non aveva, in quel momento, alcun effetto su di lui, il suo unico interesse era di affrettarsi per scoprire che fosse l'intruso e appurare le sue intenzioni.

Giunse troppo tardi alla spiaggia: l'estraneo si era tuffato proprio in quel momento. Preoccupato, Steven si affrettò a indossare la propria muta e le bombole per andare a controllare chi fosse l'uomo misterioso e cosa ci facesse lì, nella baia confinante con la base militare.

Forse è la volta buona! pensò, *forse riesco finalmente a scoprire chi è che passa le informazioni segrete, con un po' di fortuna il complice mi potrebbe portare dalla persona giusta.* E, senza perdere tempo, si tuffò in mare.

Una volta immerso, Steven si guardò intorno cercando di scorgere l'intruso. Quando lo vide inoltrarsi in un antro sottomarino rimase stupito: perché mai lo sconosciuto si stava proprio dall'altra parte della baia? Che avesse preso un abbaglio? Decise ugualmente di smascherare l'uomo, perciò lo seguì lentamente all'interno della caverna. Era un luogo da sogno, ma Steve lo conosceva bene perché vi era già stato diverse volte: dava l'impressione di trovarsi in un palazzo sommerso. Dalla caverna si diramavano alcuni lunghi cunicoli che sfociavano in altre grotte collegate tra di loro. I colori scintillavano alla luce della torcia. In quel mondo sottomarino erano loro gli estranei, anche se i pesci variopinti, che nuotavano intorno a loro formando una fantasiosa coreografia, non sembravano per niente spaventati da quella intrusione.

Steven infine decise di farsi notare dall'altro e gli si avvicinò, facendogli segno di risalire.

Dopo ripetuti tentativi, l'altro, evidentemente infastidito dalla sua irruzione, si decise a seguirlo.

«Ma chi è lei?» scattò Jim furibondo una volta fuori dall'acqua. «Come si permette di trattarmi così? Cosa vuole da me e perché mi ha costretto a uscire?»

Steven notò subito il bel corpo sottile e scattante del giovane che aveva di fronte a sé e si chiese come avesse potuto non notarlo quando erano sott'acqua. La curiosità di vedere il volto nascosto dalla maschera si fece pressante.

«Si tolga la maschera,» ribatté con un tono di voce che non ammetteva repliche, senza curarsi di rispondere alle domande del ragazzo.

Quella voce fu come un fulmine a ciel sereno per Jim: no, non era possibile, sicuramente si sbagliava, non poteva essere la voce dell'uomo che aveva tanto amato. Non poteva essere lui.

Silenziosamente, si tolse la maschera e lo guardò costernato.

«Jim?» esclamò Steven allibito. «Jim, sei proprio tu?» La sorpresa lo aveva fatto rimanere senza fiato.

Alzò anche lui la maschera e rimase a guardarlo. Non gli sembrava possibile: cosa ci faceva lì? E poi, com'era cambiato.

Anche Jim lo fissava, quello che lui aveva temuto era accaduto. L'ultimo uomo che avrebbe voluto rivedere nella sua vita era lì, di fronte a lui e lo osservava in silenzio. Aveva pensato molte volte alla possibilità di incontrarlo di nuovo, al rancore e alla rabbia che avrebbe provato e invece, ora che si trovavano lì, uno di fronte all'altro, provava solo il desiderio di essere stretto fra le sue braccia, di sentire le sue labbra sulle proprie…

Cercò di scuotersi e di tornare alla realtà.

«Sì, sono io. È proprio una sorpresa, non trovi?» ribatté, cercando di assumere un atteggiamento disinvolto. «Eppure sono proprio io, in carne e ossa. Ma tu…» riprese sulla difensiva, «cosa ci fai qui e perché vieni a interrompere il mio lavoro?» gli chiese cercando in tutti i modi di mantenere una voce ferma.

«Lavoro… Perché parli di lavoro? Jim?» Parlando, Steven si era pericolosamente avvicinato.

Jim indietreggiò, si sentiva ancora troppo vulnerabile nei confronti di quell'uomo. «Stai lontano da me, non ti avvicinare!» proruppe furibondo. «Non mi toccare altrimenti urlo…» La sua voce si era incrinata ed era spaventato dallo sguardo deciso di Steven.

«Di cosa hai paura? Non sono pericoloso,» ribatté Steven, ma il modo in cui lo guardava smentiva le sue parole.

«Cosa vuoi da me? Stammi lontano, vattene.»

Steven non gli diede il tempo di terminare la frase e gli chiuse la bocca con un bacio, stringendolo con passione. Jim si ribellò con tutte le sue forze combattendo furiosamente, ma i suoi sensi, da lungo tempo intorpiditi si risvegliarono al tocco di quelle mani, di quella bocca che fremeva sulla sua cercando una resa incondizionata. A poco a poco si lasciò andare a quell'abbraccio, a quell'estasi dimenticata e le sue mani scivolarono dolcemente sulla nuca dell'altro accarezzandogli i capelli.

Quante volte aveva sognato di ritrovarsi fra le braccia di Steven, di sentire quel corpo vigoroso contro il suo! Ma appena quello tentò di toglierli la muta, Jim tornò in sé e ricordò l'umiliazione subita.

«Lasciami!» gridò staccandosi da lui. «Lasciami! Non voglio più vederti! Lasciami in pace.» continuò, mentre lacrime amare gli scorrevano sul viso. «Ho amato quest'isola fin dal primo momento che l'ho vista e ora per colpa tua la odio... La odio!» Così dicendo fuggì lontano dalla vista di quell'uomo la cui sola presenza gli provocava un turbinio di emozioni incontrollabili.

Il sentiero che attraversava la boscaglia lasciava, di tanto in tanto, intravedere il mare di un blu intenso in lontananza e le piccole cale di sabbia bianca che si alternavano ai dintorni rocciosi dell'isola. Ma Jim, con gli occhi velati di lacrime, non vedeva che confusamente tutta quella meraviglia e avanzava quasi alla cieca, inciampando spesso nelle radici che sporgevano dal terreno. I versi di alcuni uccelli tropicali, che risuonavano nelle sue orecchie, non facevano che aumentare il suo senso di angoscia. Il fascino esotico dell'isola, di quel posto incantato era stato inesorabilmente spezzato da quell'incontro che improvvisamente aveva sconvolto l'equilibrio che faticosamente costruito negli ultimi anni. Ogni suo sforzo era stato reso vano. Ancora una volta Steven entrava nella sua vita con l'effetto travolgente di un ciclone che trascina con sé qualunque cosa incontri sul suo cammino.

Il desiderio non poteva giocargli un tiro peggiore. Come era stato possibile incontrarsi proprio lì, su quell'isola quasi deserta in mezzo all'oceano, dopo che tanto tempo era passato da quel maledetto giorno? Quel giorno che Jim non avrebbe mai dimenticato, tanto profonda era stata la ferita infertagli. Ogni volta che ci ripensava, la piaga mai del tutto rimarginata si riapriva e nella sua mente Jim riviveva ogni attimo di quei ricordi in modo dolorosamente reale.

Era cominciato tutto tre anni prima, con lo sguardo perso nell'infinito spazio azzurro che si stendeva ai suoi piedi, Jim ricordò…

Capitolo 3

Jim si era da poco laureato in biologia a pieni voti all'università di Houston e gli si era offerta subito una opportunità unica: far parte di un'equipe di biologi che si sarebbe recata sulle coste orientali della Florida per una spedizione scientifica. Il loro compito era quello di condurre delle analisi sulle proprietà medio-farmaceutiche di alcuni molluschi. Poiché Jim aveva redatto la sua tesi di laurea proprio su quell'argomento, ed era inoltre un allievo particolarmente brillante, il suo professore, amico del direttore dell'equipe, aveva suggerito il suo nome a quest'ultimo. Jim non stava più nella pelle dalla gioia, amava il suo lavoro, sapeva che una simile occasione difficilmente poteva capitare a un neolaureato e aveva accettato con entusiasmo.

L'equipe, che faceva capo al porto di un paesino nella zona di Lake Worth, lavorava a bordo di una grossa imbarcazione attrezzata per l'analisi dei campioni che venivano prelevati dal mare.

Jim e gli altri trascorrevano quasi tutta la giornata sul mare, ma lui non avvertiva neppure la fatica, tanto era preso dalla passione per il lavoro che svolgeva.

Gli altri componenti del gruppo, che inizialmente l'avevano considerato con una certa diffidenza a causa della sua giovane età, dopo alcuni giorni di lavoro dovettero riconoscere e apprezzare le sue qualità professionali e lo consideravano ormai come uno di loro.

Un pomeriggio, al ritorno da una delle lunghe giornate trascorse sul mare, mentre erano fermi a chiacchierare e ad ammirare il tramonto sul molo del porticciolo dove era ancorata la barca, videro giungere uno yacht di dimensioni notevoli, fatto strano in un posto non proprio di villeggiatura, che attraccò vicino a loro. Incuriosito, Jim rivolse la sua attenzione agli occupanti dell'imbarcazione. Uno aveva una certa età, i capelli brizzolati e l'aria della persona abituata alla vita di mare. Il suo compagno era molto più giovane di lui, alto, snello ma muscoloso, indossava un paio di pantaloncini azzurri e una maglietta dello stesso colore. I capelli erano castani ma un ciuffo più chiaro gli ricadeva sulla fronte ampia e spaziosa. Gli occhi non erano visibili perché coperti da un paio di scurissimi occhiali da sole. I due uomini salirono sul molo e improvvisamente il più anziano lanciò una esclamazione.

«Ribbel!» gridò rivolto al direttore dell'equipe. «Cosa ci fai qui, mio vecchio e infaticabile lavoratore?» aggiunse, dandogli una gran pacca sulle spalle.

Seguirono le presentazioni: Stoner era un vecchio amico del professore Tobias Ribbel e stava facendo una crociera di piacere tra la Florida e le Bahamas sul suo splendido yacht. Il signor Stoner presentò l'uomo che era con lui: Steven Stuart, un amico che lo accompagnava nel suo vagabondare da un posto all'altro in quelle isole stupende.

Steven Stuart sorrise cortesemente a tutti, ma si tenne sulle sue, un po' in disparte: non sembrava un tipo molto socievole. I suoi occhi, che nel momento in cui aveva tolto gli occhiali si erano rivelati di un azzurro intenso, si erano posati distrattamente e senza grande interesse su Jim il quale, dopo un'intensa giornata di lavoro, aveva i capelli trattenuti sulla nuca da un nastro e coperti da un buffo cappello di paglia, indossava un paio di jeans larghi e un po' sdruciti sopra un'ampia camicia che nascondeva la sua figura armoniosa. Inoltre, anche lui aveva gli occhi riparati da un paio di occhiali scuri che non tolse. Quel palese disinteresse punse quella parte che sonnecchiava in Jim, soprattutto perché lui, doveva ammetterlo, era rimasto colpito da quell'uomo e in particolare dalla forza e dalla virilità che sprigionavano in lui. Decise che doveva riuscire, in un modo o nell'altro, a interessarlo.

L'occasione gli si presentò la sera stessa. Il signor Stoner aveva invitato il professor Ribbel a cenare sul suo yacht e aveva esteso l'invito a tutta l'equipe dei biologi.

Jim, una volta tanto, dedicò una particolare attenzione nel prepararsi a quell'avvenimento un po' speciale: era certo che sarebbe riuscito a farsi notare da Steven.

Jim era soddisfatto *A noi due, ora, mio caro signor Stuart* pensò tra sé, dandosi poi subito dopo dello sciocco per essersi così intestardito a far colpo su un perfetto sconosciuto dall'aria scostante. Ma le sfide gli erano sempre piaciute...

Poco dopo giunsero all'imbarcazione del signor Stoner. Una ricca tavola era stata imbandita sul ponte che scintillava di luci creando un effetto veramente suggestivo sullo sfondo scuro dell'oceano. Bruce Stoner li attendeva sul molo di fronte allo yacht.

Stavano sorseggiando l'aperitivo quando una delle porte che si aprivano sul ponte dello yacht si spalancò improvvisamente e Steven Stuart fece la sua comparsa. Indossava un paio di pantaloni bianchi e una camicia celeste che mettevano in risalto il fisico agile e muscoloso e l'abbronzatura perfetta, si muoveva con l'andatura sciolta e disinvolta dell'uomo che si trova a suo agio in ogni tipo di situazione.

Una volta giunto davanti a Jim, Steven, dopo avergli lanciato uno sguardo che esprimeva con chiarezza una valutazione positiva e che aveva avuto il potere di farlo sentire nudo, gli rivolse un lento sorriso, rivelando la sua candida dentatura *da carnivoro*, pensò involontariamente Jim.

«Non credo di aver avuto il piacere,» disse fissandolo con sfacciata insistenza, finché Jim non arrossì e abbassò gli occhi.

«Il signor Semay?»

«Sì, mi chiamo Jim.»

Steven aggrottò leggermente la fronte. Poi sorrise e quel sorriso conquistò definitivamente Jim. «Complimenti!» esclamò Steven, «sei uno splendido ragazzo. Posso offrirti qualcosa da bere?» aggiunse poi, senza dargli il tempo di riprendersi dall'imbarazzo.

«Stia attento a Steven, signor Stevenson», intervenne Bruce Stoner. E con un sorriso di complicità si allontanò per lasciarli soli.

«Non gli dare retta,» gli disse sorridendo l'interessato, «esagera sempre.»

Ma Jim ebbe la netta sensazione, nel momento esatto in cui la mano ferma e decisa di Steven gli prese il braccio per condurlo verso il tavolo dove venivano serviti gli aperitivi, che Bruce Stoner non avesse per niente esagerato. Quell'uomo aveva un fascino irresistibile, quasi tangibile, a cui Jim non riusciva a rimanere indifferente. *Attento, Jim,* si disse, *quest'uomo è pericoloso, devi resistergli...* Ma già la leggera pressione della mano sul suo braccio nudo gli comunicava un'incredibile sensazione di calore. E il suo sguardo sensuale, dal quale si sentiva avvolgere ogni volta che gli occhi di Steven si posavano su di lui, aveva un potere ammaliatore. Per spezzare quell'incantesimo avviò con il suo compagno una banale conversazione.

«Cosa fa nella vita, oltre ad accompagnare il signor Stoner in questa vacanza?» gli chiese, allontanandosi impercettibilmente da lui.

«Lavoro per il governo,» rispose lui in tono vago, «nulla che possa interessarla. Piuttosto,» aggiunse, «mi parli di lei: in che cosa consiste esattamente il suo lavoro?»

Jim non si fece ripetere due volte la domanda e si lanciò in una entusiastica descrizione delle sue ricerche e dei suoi esperimenti.

L'altro lo ascoltò con attenzione, facendo, di tanto in tanto, dei commenti pertinenti che dimostravano come non fosse digiuno dell'argomento.

Nel frattempo, presero posto intorno alla tavola fatta imbandire dal signor Stoner per loro.

Mentre assaggiavano un'ottima aragosta, Jim, dopo aver appena finito di raccontare a Steven come era capitato nell'equipe del professor Ribbel, chiese: «Ma lei, signor Steven, come mai è così informato sulla biologia marina?»

«Per favore, mi chiami Steven, Jim,» ribatté sorridendogli. «Tra due persone che hanno tante cose in comune non mi pare il caso di essere così formali,» aggiunse, lanciandogli un'occhiata carica di sottintesi.

Jim arrossì, imbarazzato. Mai un uomo era riuscito a turbarlo tanto, un uomo che per lui era praticamente uno sconosciuto.

«Mi sono occupato di questo argomento,» stava dicendo intanto Steven, «perché il mare e i suoi misteri mi affascinano moltissimo e infatti ogni momento libero che ho lo dedico al mare, al mare che è pericoloso e traditore ma pieno di fascino, proprio come un bel ragazzo,» concluse, fissandolo con una particolare intensità.

L'imbarazzo di Jim crebbe: non sapeva perché e in che modo, ma quella conversazione, apparentemente impersonale, stava diventando inspiegabilmente troppo intima. Cercò di sfuggire lo sguardo magnetico di quell'uomo. *Che mi succede?* si chiese, *in fondo, non sono più un bambino da lasciarsi accalappiare dal primo sconosciuto che incontro!*

«Quando potrò rivederla?» la domanda era stata posta di punto in bianco e aveva trovato Jim del tutto impreparato.

«Ma io... Veramente... Ho molto da fare...»

«Domani sera?» Steven ignorò le sue deboli proteste. «La porterò a fare un giro nei dintorni, ne vale veramente la pena,» stabilì tranquillamente.

«Veramente, non so se...» La voce di Jim tremò, suo malgrado.

«D'accordo, allora,» concluse Steven, ignorando la sua esitazione. «Passerò a prenderla quando tornerà dalla sua giornata in mare. E non si stanchi troppo, mi rac- comando!» aggiunse con un sorriso che aumentò la confusione di Jim.

Prima che avesse il tempo di replicare, Steven rispose a una domanda postagli dal professor Ribbel immergendosi con lui in un'animata discussione che Jim si scoprì completamente incapace di seguire. La sola presenza di quell'uomo accanto a lui gli provocava delle sensazioni violente mai provate prima. *Sono proprio uno stupido*, si disse, *devo assolutamente disdire questo appuntamento.*

Le sue arti di seduzione sembravano aver funzionato fin troppo bene…

Quando la cena terminò e gli ospiti si preparavano a lasciare la barca di Bruce Stoner, Steven gli si accostò nuovamente e, sfiorandogli il braccio gli sussurrò: «A domani allora, mio affascinante usignolo.» E senza lasciargli il tempo di replicare, si allontanò da lui per salutare gli altri.

A Jim non rimase altro da fare che scendere dallo yacht e irritarsi con se stesso non solo per quell'appuntamento, ma perché sul braccio, dove Steven l'aveva sfiorato, gli sembrava fosse rimasta un'impronta di fuoco.

Trascorse una notte agitata, sognando Steven che gli sfiorava le labbra con le sue, che l'abbracciava con passione.

Si svegliò stanco e nervoso, accusandosi di comportarsi peggio di un adolescente alla prima cotta. In fondo quello non era certo il suo primo appuntamento con un uomo. Aveva ventidue anni e se la sarebbe saputa sbrigare anche con un tipo come Steven Stuart.

Continuò a ripeterselo per tutto il giorno, ma si rendeva conto che il primo che doveva convincere era se stesso. Quell'uomo era troppo diverso da tutti i ragazzi che aveva incontrato fino ad allora per non doverlo temere.

Finalmente giunse sera. Sempre più agitato, Jim decise di indossare il vestito più semplice che aveva portato con sé.

«Va a farsi una passeggiata, Jim?» gli chiese il professore Ribbel. «Sono contento che abbia trovato compagnia, almeno potrà distrarsi un po',» aggiunse sorridendo.

Il ragazzo arrossì irragionevolmente.

«Sì, il signor Stuart è così gentile da accompagnarmi a fare un giro nei dintorni,» rispose, con l'aria di volersi giustificare.

«Fa benissimo, caro!» gli garantì l'anziano scienziato. «Ma non sia modesto, credo che per il signor Stuart questo non possa essere che un piacere. Ah, eccolo che arriva!» esclamò, evitando così a Jim di trovare una risposta alle sue maliziose affermazioni.

Steven indossava dei jeans e un pullover marinaro, un abbigliamento che gli conferiva un'aria piratesca. Involontariamente, Jim rabbrividì a quella vista.

Steven avanzò verso di lui, sempre con la solita aria sicura di sé e ancor più affascinante della sera prima. Lo squadrò con atteggiamento critico.

«Cos'è questo abbigliamento da collegiale?» gli chiese infine. «E quest'aria timida e modesta? Dove è finita l'affascinante creatura che ho conosciuto?» Appariva visibilmente contrariato.

Il suo atteggiamento provocò in Jim una reazione immediata: chi crede di essere per rivolgerglisi in quel modo?

«Signor Stuart,» disse freddamente, «non vorrei che lei si fosse fatto un'idea sbagliata di me. Comunque sia,» continuò nello stesso tono, «nessuno la obbliga a uscire con me. Quindi possiamo anche salutarci qui.»

Un lampo di divertita ironia attraversò quello sguardo azzurro. «Questo è da escludersi. Una volta che ho invitato un ragazzo a uscire, mantengo sempre l'impe-gno,» sottolineò Steven prendendolo sottobraccio. «Vuol dire che la porterò al luna park e le comprerò il gelato, se è questo che vuole,» aggiunse in un tono carico si sottintesi.

Jim arrossì violentemente: indubbiamente quell'uomo ignorava le più elementari regole dell'educazione!

Cercò di divincolarsi dalla mano salda e decisa che gli teneva il braccio: quel contatto non faceva che aggravare la sua confusione.

«Si calmi, mio bel ragazzo!» esclamò l'altro con ironia. «Non rientra nelle mie abitudini insidiare i ragazzini.»

Quest'ultima frase indispettì ancora di più Jim, che si sentì preso in giro.

«La pianti!» gridò. «Non sono un bambino.»

«Davvero?» mormorò Steven con aria sorniona. «Avevo avuto proprio questa impressione…»

Jim non sapeva più cosa dire: in fondo lui non aveva tutti i torti, si era messo in trappola da solo.

«Smettiamola con questi discorsi,» decise infine, «e andiamo, se dobbiamo andare!»

«Come vuole, signorino,» rispose Steven inchinandosi ironicamente.

Insieme si avviarono lungo il molo.

L'imbarcadero scintillava di luci e Jim osservava ammirato i riflessi multicolori sulle acque scure del porto. Al suo fianco, Steven non parlava, ma continuava a tenergli il braccio. In quel momento tutto a Jim pareva irreale: l'atmosfera magica della Florida e quell'uomo affascinante che camminava accanto a lui.

«Pensieroso?» la voce di Steven lo riscosse bruscamente.

«No, stavo solo ammirando il panorama.»

Steven gli sorrise, con quel sorriso pieno di fascino che riuscì a fargli dimenticare la sua scortesia di poco prima.

«Dove la porterò sarà ancora più bello,» aggiunse poi.

Suo malgrado, Jim fu percorso da un fremito: quella voce bassa e sensuale sussurrata all'orecchio gli provocava ben strane sensazioni!

In silenzio, Steven lo guidò alla macchina che aveva noleggiato e, sempre senza parlare, imboccò la strada costiera.

Per un attimo, dimentico di Steven Stuart e della sua conturbante presenza, Jim contemplò la costa di una delle penisole più famose del mondo, assaporando quello spettacolo per lui tutto nuovo. Durante il periodo trascorso in Florida, non si era mai spinto oltre il paese che faceva loro da base, soprattutto perché le spedizioni avevano inizio la mattina all'alba e quindi tutti i componenti dell'equipe avevano bisogno di andare a dormire presto.

La voce di Steven ruppe di nuovo il silenzio. «Allora come mai così taciturno?» gli chiese.

Jim intrecciò nervosamente le mani in grembo: c'era qualcosa in quell'uomo che riusciva a intimidirlo. Ma l'altro finse di non accorgersene e si lanciò in una descrizione dei luoghi che stavano attraversando. Conosceva molto bene la Florida e Jim lo ascoltò con interesse, lasciando vagare lo sguardo sul nastro sabbioso che si snodava a poca distanza da lui e sul quale si infrangevano piccole onde, suggestiva scia argentea illuminata dalla luna.

Dopo un po', Steven fermò la macchina.

«Scenda,» lo invitò, «dovremo fare due passi a piedi. Come vede,» continuò poi, non ho intenzioni di portarla in nessuna famosa località turistica, ma in un luogo che spero apprezzerà di più.» La sua voce aveva una strana sfumatura che preoccupò Jim. Ma ormai non poteva rifiutarsi di seguirlo.

Camminarono in silenzio lungo uno stretto sentiero sabbioso seminascosto tra gli arbusti. Alla fine, Steven si arrestò e Jim contemplò ammirato il luogo in cui si trovavano, illuminato fiocamente dalla magica luce lunare. Quella parte di spiaggia era stranamente separata dal resto della lunga lingua di sabbia bianca che si estendeva per chilometri e chilometri. Arbusti verdi da ambedue i lati lo mettevano al riparo dagli sguardi indiscreti e creavano un effetto particolarmente suggestivo. Jim era affascinato, ma al tempo stesso si sentiva in trappola. Qualcosa gli diceva che non si sarebbe dovuto trovare lì, con quell'uomo dall'aria così spavalda e sicura di sé.

Si avvicinò alla riva del mare. Le onde mormoravano dolcemente e una leggera brezza agitava le foglie sui rami.

Le dita di Steven gli sfiorarono la nuca in una lieve carezza, che si fece a poco a poco più insinuante. Rimase immobile, incapace di reagire: un brivido di piacere lo percorse ed ebbe un fremito quando la bocca di Steven, calda e sensuale, seguì lo stesso tragitto delle dita, soffermandosi sul suo collo nudo. Poi l'altro lo fece voltare verso di sé e lentamente, deliberatamente, iniziò a baciarlo, mentre le sue mani gli sfioravano la schiena, le spalle, i capezzoli…

Jim, inizialmente, si lasciò travolgere dalle sensazioni intense e sconosciute che provava. Ma, nel momento in cui Steven gli mormorò all'orecchio: «Sdraiamoci sulla sabbia, staremo più comodi,» cominciando contemporaneamente a slacciargli la camicia, Jim si rese conto di ciò che stava per fare. Era caduto come uno stupido nella trappola di quel dongiovanni! Si riprese bruscamente allontanandolo da sé.

«Molto romantico, vero?» Esclamò con una voce che voleva essere sarcastica. «Il chiaro di luna, la spiaggia solitaria, il mare… Gli ingredienti ideali, non trova?» continuò, rassettandosi frettolosamente la camicia.

Steven gli rivolse uno sguardo beffardo. «Non mi è sembrato che la cosa ti dispiacesse poi tanto,» commentò infine, passando tranquillamente dal lei al tu. «Ma evidentemente devo essermi sbagliato,» concluse freddamente.

«Si è sbagliato eccome, signor Stuart!» La voce gli tremava malgrado tutto. Si aspettava delle scuse, un attimo di imbarazzo, ma quell'arrogante ironia lo trovò impreparato. «Sarà meglio tornare,» aggiunse avviandosi, non sapendo bene quale contegno assumere.

«Come vuoi.» Il tono di Steven fu secco e impersonale.

Tutto il tragitto si svolse in silenzio. Giunti al molo, Jim si limitò a un freddo: «Buonanotte.» E si diresse poi velocemente alla loro barca.

Una volta nella sua cuccetta, si sentì preda di sensazioni contrastanti. Desiderio di schiaffeggiare quell'uomo, di buttarsi tra le sue braccia, voglia di piangere, voglia di urlare... Alla fine si addormentò, stremato.

Nei giorni successivi Jim riprese il lavoro cercando di non pensare a Steven, ma il caso o la fatalità li facevano incontrare spesso sul molo e le occhiate ironiche dell'altro uomo finivano con l'esasperarlo. Per questo decise di parlargli per chiarire quella situazione.

Da quel momento, i ricordi di Jim si fecero più dolorosi.

Ricordava il lungo colloquio avuto con Steven nel tentativo di chiarire quanto era successo e poi il suo strano e improvviso mutamento di atteggiamento nei suoi confronti. L'inaspettata dolcezza che aveva scoperto, nascosta dietro la facciata dell'arrogante cinismo. Le cose interessanti che gli raccontava, le passeggiate fatte in riva al mare senza che lui tentasse più alcun approccio...

Quel cambiamento fu così repentino che, sulle prime, Jim rimase perplesso e poco convinto ma infine credette in Steven, ripose in lui la sua fiducia e se ne innamorò.

Ma tutto precipitò, inaspettatamente, una sera che i colleghi di Jim e il signor Stoner andarono a fare un giro nei dintorni. Jim e Steven rimasero soli e lui lo invitò a cena sullo yacht. Forse fu per lo champagne bevuto, o forse per la fiducia che riponeva in lui, ma soprattutto per l'amore che provava per quell'uomo affascinante e che ormai divampava in lui come un fuoco… In ogni caso quando Steven lo prese tra le braccia, accarezzandolo dolcemente, Jim non oppose resistenza, anzi!

Le sue mani esperte percorsero tutto il corpo di Jim, risvegliando in lui violente e inarrestabili sensazioni di piacere.

Non si rese quasi conto, con le labbra perse su quelle di lui, che Steven lo sollevava tra le braccia e lo portava all'interno dello yacht. Poco dopo si ritrovò sdraiato su uno dei divanetti interni, stretto fra le braccia e, ormai preda di una passione incontrollabile, gli si abbandonò completamente…

«Jim, ti desidero… Sei bello… Mi fai impazzire…» mormorò Steven con voce roca, mentre la sua bocca lo cercava freneticamente.

«Ti amo, Steven,» sussurrò Jim per tutta risposta, senza rendersi conto che l'altro, per un attimo, si era irrigidito e aveva avuto una lievissima esitazione. Poi il desiderio e la passione li travolsero e Jim si diede a lui in un totale abbandono convinto che sarebbe stato così per tutta la vita.

Steven abbracciò Jim: «Ora farai parte della mia vita,» gli disse stringendolo forte. Rimasero in silenzio per parecchi minuti poi Steven si alzò, prese per mano Jim, lo condusse fino alla camera da letto, gli si fermò di fronte, e cominciò ad accarezzargli il viso.

Jim allungò una mano fino a sfiorargli il viso e attirarlo a sé, fino a quando le loro labbra non si incontrarono in un lieve bacio a fior di labbra, poi scese a baciargli il collo, mentre gli sbottonava la camicia: gliela fece scivolare lungo le spalle, facendola cadere a terra.

Jim lo aiutò a spogliarsi, poi si stese languidamente sul letto, accarezzandosi il petto.

Steven si stese su di lui catturandogli la bocca, baciandolo avidamente, le sue mani gli accarezzavano il corpo. Jim gemette e si inarcò quando Steven prese tra le labbra il suo cazzo e iniziò a succhiarlo lentamente in maniera esasperante.

Jim spinse i fianchi verso Steven ma questi lo abbandonò. Jim socchiuse gli occhi per vedere l'amante posizionarsi tra le sue gambe.

«Jim...» esclamò, mentre l'altro lo accoglieva nel proprio corpo.

Jim chiuse gli occhi. Prese a muoversi, Steven gli afferrò i glutei sodi seguendo i movimenti dell'amante, i loro gemiti di piacere si fusero mentre entrambi sperimentavano qualcosa di nuovo. Jim posò una mano sul proprio membro, la mano di Steven lo raggiunse e vennero con un grido liberatorio.

Jim si stese ansante al fianco di Steven sorridendo: «Ti amo Steven, ti amerò per sempre qualunque cosa accada.»

Steven lo tenne stretto a sé senza parlare: l'averlo scoperto vergine era stato un colpo per lui, ma non l'aveva lasciato capire. Aveva già preso una decisione, lo sfiorò con tenerezza: «È ora che ti accompagni, Jim. Devi tornare alla barca,» gli mormorò sfiorandogli un orecchio con la bocca, mentre Jim si stringeva nuovamente a lui. Poi si rese conto dell'ora e si alzò per rivestirsi, mentre Steven lo osservava in silenzio.

Una volta sul molo, Jim gli offrì nuovamente le labbra mormorando: «Ti amo Steven, e ti amerò per tutta la vita.»

L'altro non rispose, mentre uno strano lampo gli attraversò lo sguardo. Lo strinse a sé, dicendogli soltanto: «Buonanotte Jim, buonanotte piccolo mio.» E si voltò bruscamente, allontanandosi nella notte.

Jim rimase un po' stupito per quello strano atteggiamento, ma era troppo felice perché qualcosa potesse contrariarlo. Amava Steven e si era dato a lui, sarebbe stato suo per sempre, sarebbe rimasto con lui. Non si soffermò a pensare che Steven non aveva ricambiato la sua dichiarazione d'amore, né aveva parlato di progetti per il loro futuro: tanto importante gli pareva ciò che aveva fatto da non creargli alcun dubbio in merito. Si addormentò felice, immaginandosi nuovamente tra le braccia di Steven.

La mattina dopo l'attendeva un'amara disillusione, il signor Stoner venne a portar loro i saluti di Steven che, spiegò, era dovuto ripartire urgentemente per un importante impegno di lavoro.

«Partito?» mormorò Jim incredulo. «E non ha lasciato nulla per me, un messaggio, un biglietto?»

Il signor Stoner lo guardò perplesso, intuendo probabilmente quello che c'era stato tra loro e scosse il capo.

Un'ondata di disperazione lo sommerse, prendendo il posto dell'incredulità. Steven se n'era andato! Aveva ottenuto quello che aveva voluto e se n'era andato per evitare le conseguenze del suo gesto! L'aveva abbandonato senza scrupoli, dopo averlo ingannato nel peggiore dei modi. Jim lo odiò e odiò se stesso per essere stato così stupido da cadere in quel modo nella rete tesa da quell'uomo. Oh, come lo odiava!

Singhiozzando, diede sfogo alla sua disperazione. Non avrebbe mai dimenticato Steven. Non avrebbe mai più avuto fiducia in un uomo. Non avrebbe più amato in quel modo ingenuo e completo. Il suo cuore sanguinava, ma con lui anche il suo orgoglio. Come aveva potuto essere così stupido?

Quando la crisi fu passata, Jim decise coraggiosamente che nessuno avrebbe mai saputo, nessuno avrebbe mai potuto indovinare la vergogna e l'umiliazione che aveva subito.

Una volta tornato a Houston, al termine della spedizione, riprese la vita di sempre, dedicandosi interamente al lavoro. Ma in lui qualcosa era come morto…

Poi conobbe Markus e stabilì che in fondo quel ragazzo era meglio di tanti altri che gli facevano la corte. A volte trovava ridicolo che a ventiquattro anni dovesse essere così disilluso e avesse deciso di rinunciare all'amore, ma in quei momenti il ricordo di Steven e della ferita infertagli tornava alla mente, vivida e presente, e allora la sua decisione si rafforzava.

E adesso gli era comparso davanti in quell'isola così lontana dal mondo civile e la sua presenza cancellava in un sol colpo i tre anni passati, risvegliando in lui emozioni che credeva dimenticate per sempre.

Asciugandosi gli occhi ancora umidi di lacrime, Jim si fece largo fra gli arbusti che sembravano protendere i rami verso di lui e si avviò lentamente verso il campo.

Capitolo 4

Quando giunse dai suoi colleghi, Jim si era apparentemente calmato, ma dal suo viso sconvolto si poteva facilmente intuire che gli era accaduto qualcosa.

«Ehi, Jim!» gli gridò Alvin andandogli incontro. «Come mai già di ritorno? Non ti aspettavo prima di mezzogiorno.»

Jim gli si avvicinò, nascondendo gli occhi gonfi dietro le lenti scure degli occhiali da sole.

«Ciao, zio,» rispose, cercando di sorridere, «non è successo niente di particolare, ma avevo dimentico la macchina fotografica e poi ho un gran mal di testa.»

Alvin lo osservò perplesso: non era da lui dimenticarsi una cosa così importante specialmente il primo giorno di perlustrazione.

«Sei sicuro che vada tutto bene?» insisté preoccupato.

«Sì, sì, va tutto bene...» Ma la sua voce si era pericolosamente incrinata,

Suo zio gli si fece vicino e l'abbracciò.

«Jim, piccolo mio cosa succede? Ci sono problemi fra te e Markus? Vi ho visti discutere ieri pomeriggio.»

«No, zio.» Jim recuperò il controllo. «Niente di tutto questo. Sono solo molto stanco. Ho avuto un attimo di cedimento, ma non capiterà più, te lo prometto. Parola di giovane marmotta!» concluse sorridendogli e mettendosi scherzosamente sull'attenti. Se solo avesse saputo! Ma doveva essere forte e impedire a qualunque costo che gli altri si rendessero conto del suo reale stato d'animo.

«Ecco, così mi piaci,» gli disse Alvin affettuosamente. «Finalmente ritrovo il mio Jim, tanto dolce eppure così forte.»

«Ma ora basta con le parole,» ribatté Jim, «sarà il caso di preparare il pranzo. Tu riposati un po', vedrò io quello che posso fare. A che ora pensi torneranno gli altri?» gli chiese poi, cercando di assumere un atteggiamento normale.

«Ma, non so, penso che fra un'oretta saranno tutti qui,» rispose Alvin e lo lasciò al suo lavoro.

Poco dopo Jim, mentre armeggiava nella cucina da campo, ripensava alle parole dello zio: *Il mio Jim così dolce eppure così forte.* Se avesse immaginato come stavano veramente le cose, l'avrebbe guardato ancora con quell'ammirazione e quell'orgoglio?

Il sole era ormai alto e il caldo si faceva sempre più insopportabile, anche all'ombra delle grandi palme che costituivano buona parte della vegetazione dell'isola. Steven, seduto nella veranda dell'osservatorio, sorseggiava distrattamente una bibita ghiacciata, fissando un punto dell'orizzonte in cui il mare pareva fondersi con il cielo. I lineamenti tirati rivelavano il suo nervosismo e il suo agile corpo pareva pronto a scattare come un felino che si lancia sulla preda.

Da quella mattina non riusciva a togliersi Jim dalla testa e Dio sapeva se non aveva altre cose a cui pensare. Rivedeva il ragazzo che aveva conosciuto, l'espressione infantile, e ripensava al suo amore completo, totale nei suoi confronti. Ricordava molto bene quel periodo della sua vita e quel ragazzino che tanto gli era piaciuto, che quasi lo idolatrava e che si era dato a lui senza remore, con innocente abbandono. Ed era stato proprio in nome di quell'innocenza e di quella giovinezza che l'aveva lasciato senza spiegazioni, sapendo di doversi recare in Oriente per una missione pericolosa.

Si era reso conto che non poteva coinvolgerlo in una vita simile, in una vita senza futuro. E quel giorno quella fragile ed affascinante creatura, che nonostante tutto lui non aveva mai dimenticato, era di nuovo comparso sulla sua strada. Cosa sarebbe successo ora?

Tre anni prima quel brusco abbandono gli era sembrata l'unica soluzione: l'avrebbe portato a odiarlo e quindi a trovare più facilmente un compagno più adatto a lui, con cui vivere un'esistenza tranquilla e serena. Ma il ricordo di Jim era rimasto inalterato nella sua mente, malgrado gli sforzi che aveva fatto per cancellarlo. E a volte, in preda al dubbio, si era chiesto se aveva fatto bene ad agire in quel modo.

Ora si erano ritrovati e non certo nel momento più adatto. Ma cosa era rimasto del Jim che lui ricordava? Steven non sapeva darsi una risposta. Il giovane ragazzo che si era ritrovato di fronte aveva ben poco in comune con il giovane dai lunghi capelli che aveva conosciuto anni prima. In quegli occhi c'era una nuova espressione, una nuova determinazione, anche il suo corpo… Ricordò la notte in cui si erano amati e la scoperta di quel corpo ancora adolescente eppure così caldo, così appassionato.

Ma Jim era cambiato, il suo corpo lo rendeva più uomo.

Steven si riscosse, era inutile perdersi nei ricordi, Jim era un'altra persona, un'incognita, un interessante mistero da svelare… Se solo non avesse avuto altre cose più importanti di cui occuparsi.

Rientrò in casa per prendere il binocolo. Da qualche giorno, nella baia vicina alla base militare, si era fermata una barca il cui equipaggio gli era parso sospetto, che ormai controllava assiduamente. I passeggeri non avevano l'aria dei croceristi e li aveva sorpresi mentre da un canotto sembravano osservare la base. Steven era sicuro che avessero a che fare con la sparizione dei documenti segreti, solo che al momento non aveva prove.

Nel frattempo, al campo dei geologi, Lennie, Markus e Florian erano rientrati dalla perlustrazione sul vulcano. Jim era ancora affaccendato alla preparazione del pranzo.

Markus si stava facendo la barba quando Alvin entrò nella tenda.

«Disturbo?» gli chiese gentilmente.

«No, non ti preoccupare, finisco in un attimo,» rispose Markus, con il viso ancora pieno di schiuma.

«Beh, come è andata la visita al vulcano?» riprese Alvin.

«C'è molto lavoro da fare. Comunque potrai constatarlo tu stesso,» rispose laconicamente l'altro.

«Scusami, Markus, se mi intrometto,» continuò allora il vulcanologo, affrontando direttamente l'argomento che gli stava a cuore, «ma vorrei parlarti di Jim.»

«Di Jim? E perché? Si è forse sentito male in acqua?» Markus lo guardò stupito.

«No, non si tratta di questo,» replicò Alvin. «Solo che oggi, quando è rientrato al campo, era sconvolto. Si è scusato dicendo che si sentiva stanco, ma un simile atteggiamento non è da lui.»

«È vero,» lo interruppe Markus, «non è da lui. E allora?»

«Ho cercato di parlargli,» riprese Alvin, «di capire cosa era successo, era tanto che non lo vedevo piangere così. Ho pensato che ci fosse stato qualche malinteso tra voi.»

«Ma lui che ti ha detto?» lo interruppe nuovamente Markus con aria preoccupata.

«Ha semplicemente sostenuto di essere stanco e che aveva avuto un cedimento. Poi si è ripreso e si è rimesso a lavorare come se nulla fosse. Ma lo conosco bene, cova qualcosa,» disse convinto. «È troppo agitato non l'avevo mai visto in quello stato,» sospirò, «sono proprio preoccupato, cerca di parlargli ti prego, non mi piace vederlo così.»

«D'accordo, non preoccuparti,» rispose Markus, pur non riuscendo a capire cosa potesse essere successo. Non poteva certo trattarsi della discussione che avevano avuto il giorno prima, dovuta semplicemente alla stanchezza e al nervosismo. «Gli parlerò dopo pranzo,» assicurò Markus, «e cercherò di capire cosa abbia o se gli è accaduto qualcosa.»

Più tardi, Jim, disteso pigramente al sole, stava leggendo un libro quando Markus gli si sdraiò accanto.

«Posso?» gli domandò gentilmente.

«Certo, la spiaggia è di tutti,» rispose Jim, rimettendosi poi a leggere.

«Cosa leggi di bello?» chiese Markus, cercando di attirare la sua attenzione. Jim per tutta risposta, voltò lievemente il libro dalla sua parte per mostrargli la copertina, rimanendo immerso nella lettura.

«Come è andata oggi l'immersione?» insisté Markus, senza lasciarsi scoraggiare da quel silenzio. «Pensi di rituffarti più tardi?» continuò, «potremmo andare insieme...»

«Basta!» scattò improvvisamente Jim, alzandosi a sedere. «Possibile che non si possa stare un momento tranquilli? Non ho voglia di parlare, mi sembra chiaro. Cosa vuoi? Dillo e facciamola finita,» concluse seccamente.

«Mi dispiace interrompere la tua lettura,» rispose Markus, «non volevo disturbarti, ma pensavo che due chiacchiere avrebbero potuto farti bene...»

Jim lo guardò perplesso. «E perché avrei bisogno di fare due chiacchiere? Spiegati meglio,» ribatté nervosamente.

«E meglio lasciar perdere,» rispose Markus in tono conciliante, «ne parliamo in un altro momento.»

«No, hai iniziato un discorso e ora, per favore, concludilo. Dimmi cosa c'è?»

«Niente di particolare,» disse Markus incerto, «ero solo un po' preoccupato dopo quanto mi ha detto Alvin...»

«E si può sapere cosa diavolo ti ha detto mio zio per far sì che io non possa stare un momento in pace?» Il tono di voce di Jim era decisamente alterato. «È dall'ora di pranzo,» continuò, «che mi segui come un'ombra, si può sapere cosa vuoi?»

«Senti, Jim... » cominciò Markus, ma l'altro lo interruppe.

«Insomma cosa volete tutti quanti? Tutti possono essere stanchi e nervosi e io no?» La sua voce era diventata aspra e tradiva una forte agitazione interiore. «Sono due mesi che lavoriamo e proprio oggi,» continuò Jim sempre più irritato, «oggi che volevo starmene un po' per conto mio pare sia successo un dramma. Ma mi volete lasciare in pace, sì o no?»

«Sì, sì,» rispose prontamente Markus, allarmato da quella esplosione e da quel fiume di parole. «Scusaci, ma siamo preoccupati. Forse proprio perché sei così nervoso e Alvin mi ha detto che quando sei tornato…»

«Che quando sono tornato che cosa?» lo interruppe nuovamente Jim, esasperato. «Ero stanco e avevo un gran mal di testa. Non è possibile? Cosa dovrei essere, una macchina?» Jim si interruppe bruscamente, il viso inondato di lacrime. Non aveva retto alla tensione nervosa, allo sforzo enorme di fingere, fingere con tutti.

«Scusami, scusami Jim,» disse Markus stringendolo a sé, «non volevo, non pensavo… Avevo paura che ti fossi sentito male in acqua ed ero preoccupato. Non volevo irritarti e tanto meno farti piangere, cerca di capire…»

«Scusami, hai ragione,» mormorò Jim, «sono io che sono molto nervoso e faccio una tragedia di ogni cosa. Ma passerà, non ti preoccupare,» cercò di tranquillizzarlo. «Forse ho solo bisogno di un po' di riposo. Vado in tenda,» concluse. «Cercherò di dormire e magari dopo andrà meglio.»

Markus lo abbracciò e lo baciò. Ma quel bacio a Jim sembrò quello di un estraneo. Ricordava ancora troppo bene le labbra di un altro uomo sulle proprie, un uomo che avrebbe voluto dimenticare, cancellare per sempre dalla sua mente e dal suo cuore.

Capitolo 5

«Non capisco di cosa ti preoccupi» esclamò Shane Georges rivolto all'amico Steven Stuart, «secondo me non c'è nulla di sospetto in quel gruppo di geologi. Del resto eravamo stati avvisati del loro arrivo, dunque…»

Steven lo osservò infastidito dal suo atteggiamento. Lui e Georges, capo delle ricerche della base militare, erano diventati buoni amici in quel periodo, ma talvolta l'atteggiamento un po' semplicistico di Georges lo mandava su tutte le furie.

«Come non capisci?» lo interruppe, «qui spariscono documenti segreti, noi non riusciamo a scoprire niente che possa indirizzarci verso un presunto colpevole e intanto, per confondere ancora più le acque, arriva un gruppo di cinque persone che può girare liberamente sull'isola…»

«Sì, d'accordo,» riprese Shane, «ma stanno facendo delle ricerche sull'attività del vulcano. Torno a dire che non c'è niente di cui preoccuparsi.»

Steven lo guardò esasperato, controllando a stento la sua irritazione.

«Va bene, sono qui per delle ricerche, ma chi ti dice che tra loro non vi sia proprio il complice che stiamo cercando? Ad esempio,» continuò, «c'è quel Markus... Chi è? Gli altri li conosciamo tutti, ma quello? Tra l'altro non mi sembra affatto affiatato con il resto dell'equipe. Perciò...» Steven fu interrotto dall'arrivo di un soldato che doveva parlare con il professore Georges.

«Scusami Steven,» disse questi, «ma hanno bisogno di me in laboratorio. Comunque,» concluse, «non preoccuparti, dai geologo non ci verrà nessuna grana, dobbiamo cercare altrove.» E così dicendo si alzò per accomiatarsi.

«Ah, dimenticavo,» aggiunse Steven, «cosa sapete sugli occupanti della barca ancorata nella baia di fronte alla base?»

«Niente di particolare,» rispose Georges, «hanno detto ai nostri uomini che sono qui in vacanza. Abbiamo controllato i loro documenti dai quali risulta che sono degli appassionati di pesca subacquea, non posso dirti altro. Perché questa domanda?» chiese poi incuriosito.

«Non lo so ancora con precisione, ma li sto osservando da un po' di giorni e c'è qualcosa che non quadra. Ma non importa, fammi un favore invece, sollecita i geologi ad andarsene. Meno siamo su quest'isola e prima potremo sbrogliare questa matassa.» Detto questo, salutò Georges e lo lasciò ai suoi impegni.

Steven uscì dalla base e si avviò all'osservatorio. Era mezzogiorno e il caldo si era fatto insopportabile, perciò decise di farsi un bagno. Chissà che non lo aiutasse a schiarirsi le idee. Si inoltrò lungo un sentiero che attraversava la zona pianeggiante dell'isola, fiancheggiato da palme alte e frondose, attraverso le cui foglie filtravano i raggi del sole che creavano una ragnatela di luce che si rifletteva sul terreno.

Grosse lucertole di un verde intenso e brillante gli sfrecciavano davanti di tanto in tanto e strani insetti, dalla forma e dalle dimensioni più svariate, si muovevano in mezzo all'erba che ricopriva il sentiero. Ma Steven non badava a loro, era abituato a quella strana fauna che ormai lo lasciava indifferente. Finalmente raggiunse la baia dove era diretto e, senza perdere tempo, si spogliò e si tuffò in mare. Il suo agile corpo fendette l'acqua, simile a un delfino forte e scattante. Steven amava il mare: tutto il nervosismo accumulato durante la mattinata si scaricava in quel momento, in quelle possenti bracciate.

Dopo una buona mezz'ora, Steven uscì dall'acqua e si stese al sole. Ripensò alla discussione avuta poco prima con l'amico Georges. In realtà neanche lui era convinto che Markus fosse la persona che cercavano, ma aveva sentito per lui, fin dal primo momento che si erano incontrati, un'istintiva antipatia, che in effetti non aveva nessuna giustificazione logica. Rimaneva poi da considerare il fatto che la presenza di altre cinque persone sull'isola non gli facilitava certo l'impresa. E poi c'era Jim... Non si sarebbe dovuto trovare lì. Forse proprio per quello che c'era stato fra loro, Steven sentiva il bisogno di proteggerlo. E sull'isola non era al sicuro: non si poteva prevedere quello che sarebbe successo.

Una volta asciutto, si alzò e si diresse all'osservatorio, ripercorrendo il sentiero di prima. A un certo punto, udì delle voci in lontananza. Sempre all'erta, si nascose dietro un cespuglio, cercando di ascoltare la conversazione.

«Sono stanco morto,» stava dicendo una voce maschile, «un bel bagno è proprio quello che ci vuole. Quest'isola mi sembra un inferno, c'è un caldo insopportabile...»

«Piantala di borbottare!» replicò una voce più giovane. «Qui non fa più caldo che nelle isole in cui siamo stati, sei tu che sei diventato insopportabile, non il caldo! Ora,» continuò la stessa voce, «ci facciamo un bagno e poi vedrai tutto sotto una luce diversa.»

A mano a mano che le due persone si avvicinavano, le loro voci si facevano sempre più chiare.

«Diciamo che almeno stiamo un po' da soli, dopo tanti giorni...» dichiarò il più grande.

Una risata argentina interruppe le sue parole e Steven udì dei passi affrettati e poi la voce allegra del ragazzo.

«Piantala... Vieni... Corriamo... Siamo quasi arrivati...»

Poi ancora risate.

«Se ti prendo dubito che riuscirai a entrare in acqua...» Era ancora la voce dell'uomo a parlare.

Proprio in quel momento, Steven decise di uscire dal suo nascondiglio e apparve sul sentiero sbarrando il passo a Jim, che arrivava di corsa. Quello, preso alla sprovvista, inciampò e finì fra le sue braccia.

«Buongiorno!» esordì Steven, mentre Jim confuso cercava di ritrovare l'equilibrio.

«Buongiorno...» balbettò Jim, senza trovare il coraggio di guardarlo negli occhi.

«Salve, professor Stuart,» disse Markus avvicinandosi. «Anche lei da queste parti?» gli chiese incuriosito.

«Professor... Stuart?» esclamò Jim sgranando i grandi occhi grigi.

«Jim, ti presento il professor Stuart, lavora all'osservatorio ed è già venuto al campo,» spiegò Markus. «Professore,» disse poi rivolto a Steven, «questo è Jim, il nostro biologo.»

«Piacere», rispose Steven con voce vellutata, fingendo di non conoscerlo. I suoi occhi parvero spogliarlo mentre ironicamente si chinava a salutarlo.

«Non sapevo che un simile ragazzo facesse parte della vostra equipe,» commento poi inarcando un sopracciglio. «La sua presenza qui è come un fiore nel deserto. È una gioia inaspettata e spero di rivederlo molto presto. Arrivederci.» Così dicendo si allontanò lungo il sentiero.

Appena fu scomparso dalla vista, Markus esplose. «Ma chi si crede di essere quel tipo? Non mi piace per niente. Ieri è venuto nel campo con un'aria ostile da grand'uomo, facendoci capire chiaramente che non potevamo stare qui sull'isola e che dovevamo andarcene al più presto.» Markus era furente.

«Lo hai chiamato professore,» lo interruppe Jim. «Perché? Cosa fa qui sull'isola?»

«Non lo so nemmeno io, so solo che lavora all'osservatorio. Ha detto di essere un astronomo.»

Jim lo guardò sbalordito. «Un astronomo! Ma ne sei sicuro?»

«Ma certo!» rispose Markus, seccato per l'incredulità di Jim. «Cosa vuoi che sia? Ci ha detto che lavora all'osservatorio e che noi gli siamo d'intralcio, più chiaro di così.» Parlando erano giunti sulla spiaggia. Ora basta parlare di quell'uomo,» continuò Markus. «Non voglio rovinarmi la giornata,» concluse, abbracciando Jim. «Andiamo fare il bagno.»

Jim si allontanò di scatto. «Ma ti rendi conto delle assurdità che vi ha detto? Se è un astronomo come dice,» gli chiese, «perché gli diamo fastidio? Cosa dovrà mai fare?»

Mille interrogativi si alternavano nella mente di Jim, che non riusciva a capire cosa stesse succedendo.

«Jim,» lo interruppe Markus, «ma che ti importa di quell'uomo?» Lo guardò insospettito. «Forse lo conoscevi già?» gli chiese infastidito dal suo comportamento.

«No,» esitò, poi riprese più sicuro: «Certo che no, solo che questa situazione è talmente assurda.»

«Propongo di non parlarne più,» disse Markus cercando di chiudere l'argomento. «Ma se vedo quel cascamorto vicino a te...»

Jim si era tolto i pantaloncini e, cercando di distrarlo da quei pensieri, gli disse abbracciandolo: «Ma siamo venuti qui per fare il bagno o per litigare a causa del professore Stuart?»

Markus, per tutta risposta, l'attrasse a sé e lo baciò. Come sempre, nei suoi movimenti c'era qualcosa di goffo che in quel momento infastidì Jim. Non poté fare a meno di pensare al bacio di Steven, così dolce eppure così passionale...

Jim si allontanò e imbarazzato disse ridendo: «Un bel bagno raffredderà i tuoi bollenti spiriti. Sbrigati, ti aspetto in acqua!» E così dicendo corse verso la riva.

Il sole si abbassava rapidamente e pareva sempre più prossimo a immergersi nelle acque dell'oceano. I suoi riflessi conferivano alle nuvole circostanti delle splendide tonalità di colore che andavano dal rosso acceso all'arancione. Ma per la prima volta, Jim parve non prestare attenzione a quello spettacolo meraviglioso. Camminava senza meta sulla riva del mare, lasciando che le onde gli lambissero i piedi per poi ritirarsi nuovamente. I suoi pensieri lo assorbivano completamente, impedendogli di rendersi conto di ciò che accadeva intorno a lui. Al centro di quei pensieri c'era Steven.

Steven e la sua inspiegabile presenza sull'isola. Steven che non era un astronomo. Steven che non gli aveva mai parlato del suo lavoro.

I pensieri turbinavano nella sua mente. Sull'isola c'era una base militare, che Steven avesse qualcosa a che fare con quello? Ma allora perché si trovava all'osservatorio?

Perché asseriva di essere un astronomo? Dubbi di ogni genere l'assillavano. Una cosa sola era certo: sarebbe stato senz'altro meglio se non lo avesse mai più rivisto.

Quell'uomo non riusciva a essergli indifferente nonostante tutti i suoi sforzi. Il fascino che emanava era troppo forte perché Jim potesse sottrarvisi. Sarebbe dovuto stargli lontano, ma come era possibile su un'isoletta in mezzo all'oceano?

Incontrarlo sarebbe stato quasi inevitabile. E poi avrebbe dovuto fingere con gli altri componenti dell'equipe, e con Markus in modo particolare. Chissà cosa avrebbe detto se solo avesse saputo?

Tutto preso dalle sue riflessioni, Jim aveva continuato a camminare lungo la riva, finché il campo non era scomparso dietro un piccolo dosso. I rumori dell'accampamento gli giungevano ormai distanti e attutiti. Era solo con i suoi pensieri, i suoi dubbi, le sue angosce. Il ritmico sciacquio delle onde gli teneva compagnia, facendolo sentire meno solo. A un certo punto, però, ebbe la spiacevole sensazione di essere osservato, si voltò di scatto ma non vide nessuno. Riprese a camminare ma non riuscì a liberarsi dall'idea che qualcuno seguisse ogni suo passo. Un improvviso rumore nella boscaglia che circondava la spiaggia lo fece sobbalzare.

«Chi c'è?» chiese preoccupato. «C'è qualcuno?» insistette guardandosi intorno.

«Di cosa hai paura?» La voce proveniva dal sentiero tra gli arbusti, reso invisibile dalla fitta vegetazione. «Non ci sono animali pericolosi sull'isola,» continuò la voce, nello stesso tono ironico.

Jim ebbe un istintivo moto di paura, poi riconobbe la voce di Steven. Forse sarebbe stato per lui meno pericoloso incontrare qualche animale. Ma perché lo spiava?

Il rumore di passi si era fatto sempre più vicino e infine Steven comparve tra gli arbusti. La sua sola vista fece aumentare i battiti del cuore di Jim, anche se si sforzava di controllare le proprie emozioni.

Steven indossava un paio di jeans e una camicia verde militare aperta sul collo che metteva in evidenza il torace abbronzato. Si muoveva con naturalezza tra il groviglio della vegetazione, con una grazia quasi felina. Mentre avanzava verso di lui, i suoi occhi si posarono sulle gambe snelle di Jim, lasciate scoperte dagli shorts.

Avvertendo il suo sguardo caldo e sensuale, Jim arrossì e passò al contrattacco. «Cosa fai qui? E perché mi spiavi?» disse, alzando il mento con aria aggressiva.

Steven si arrestò e lo guardò. Poi improvvisamente, scoppiò a ridere. «Quell'aria bellicosa ti dona proprio!» esclamò divertito. «Ma è fuori luogo, non ti stavo spiando,» spiegò.

«Ah, no? E cosa facevi, allora?» riprese l'altro, piccato.

«Stavo tornando all'osservatorio quando ti ho visto e ho pensato che avremmo potuto fare quattro chiacchiere.» Gli si era avvicinato ancora di più e Jim avvertiva tutto il fascino e il magnetismo di quell'inquietante presenza virile. Mosse istintivamente un passo indietro. Sapeva che cedere di nuovo a quell'uomo avrebbe significato provare ancora sofferenza e angoscia. E poi c'erano tutti quei dubbi che lo tormentavano…

«Cosa fai su quest'isola?» Gli chiese a bruciapelo, nello stesso tono aggressivo.

«Oh! Vedo che siamo proprio sul piede di guerra,» commentò Steven, continuando a sorridere.

Quell'atteggiamento esasperò Jim. «Perché non rispondi alla mia domanda?» ribatté irritato. «Cosa ci fai qui?»

«Ho deciso di trascorrere un periodo di meditazione contemplando le stelle,» rispose l'altro con evidente ironia.

«Non mi prendere in giro!» esplose Jim. «Non sono un bambino.»

«Questo lo vedo,» commentò Steven, spogliandolo con gli occhi e facendosi sempre più vicino.

«Cos'è questa storia dell'astronomo?» riprese Jim, cercando di combattere le emozioni che lo agitavano. «Da quando in qua ti interessano le stelle?»

«Ognuno ha i suoi hobby, ma al momento c'è qualcosa che mi interessa molto di più,» affermò Steven, sfiorandogli il viso e i capelli con una carezza.

A quel contatto, la resistenza di Jim cedette di colpo. Il desiderio lo invase, prepotente e inarrestabile. Era qualcosa di troppo violento perché fosse possibile combatterlo. Quando la bocca di Steven sfiorò la sua facendosi sempre più insistente, Jim si strinse a lui e ricambiò quel bacio con una passione crescente.

A nulla servirono in quel momento i richiami della ragione, i dubbi che lo tormentavano, esisteva solo il piacere sconvolgente che il contatto con il corpo forte e virile di Steven, con le sue labbra sensuali, risvegliavano in lui. Si strinse a lui accarezzandolo con passione, ritrovando quelle sensazioni da troppo tempo dimenticate.

Le mani di Steven lo sfioravano sapientemente, toccando quelle parti sensibili del corpo, eccitando sempre di più i suoi sensi.

Allacciati, scivolarono sulla sabbia, uniti in un bacio senza fine. Steven gli slacciò la leggera camicia e gli accarezzò il petto soffermandosi sui capezzoli, provocando in lui un fremito di piacere.

Jim gli sbottonò febbrilmente la camicia e fece scorrere la mano su quel torace possente. Poi si fece più audace e la sua bocca si posò sulla pelle calda e abbronzata. Avvertiva in lui il desiderio crescere violento e inarrestabile...

Anche il suo corpo sfuggiva ormai al controllo della ragione e Jim si abbandonò alle carezze sempre più intime e più esigenti di Steven. Lo faceva impazzire soprattutto quando con la mano gli accarezzò il sesso, trovandolo già duro e desideroso di essere coccolato.

«Che ragazzo sei, Jim...» gli sussurrò all'orecchio. «Come sei cambiato...» La sua bocca era su di lui e percorreva il suo corpo, ormai risvegliato alla passione. «Dimmi la verità,» gli mormorò ancora Steven, «ne valeva la pena?» Il suo corpo premeva su quello di Jim, cercandolo, desiderandolo. I loro membri si toccavano e paurosamente si erano eccitati al massimo: erano duri come il marmo. «Non hai mai provato nulla di simile con quel Markus, vero?» continuò Steven con voce roca. «Cosa ti può dare un uomo come quello?»

Quelle parole furono una sferzata per Jim, un richiamo alla ragione messa a tacere dalla violenza della passione. Si irrigidì. Odiò quell'uomo per quello che gli stava facendo e odiò se stesso per la propria stupidità. Si divincolò disperatamente dall'abbraccio.

«Lasciami! Non voglio! Sono stato già abbastanza stupido una volta!» gridò, tentando di liberarsi.

L'altro lo strinse ancora di più. «Non dire sciocchezze, Jim, tu mi desideri quanto ti desidero io...»

«Non è vero!» Jim era fuori di sé. «Lasciami andare! Non mi toccare più, mai più!»

Di colpo, Steven ricuperò il sangue freddo e lo lasciò andare.

«Come vuoi,» gli disse rialzandosi. «Evidentemente sei diventato un ragazzo fedele,» aggiunse con sarcasmo. «È bastato nominare Markus,» pronunciò quel nome con aperto disprezzo, «per ricordarti il tuo ruolo di fidanzatino per bene.»

Jim era furioso: come si permetteva, proprio lui, di fare un discorso del genere? In preda a una rabbia cieca, alzò la mano per colpirlo, ma l'altro lo prevenne afferrandogli il braccio e stringendoglielo fino a fargli male.

«Ora basta, Jim,» disse gelidamente. «Ti sei divertito abbastanza, è inutile recitare la commedia del ragazzo offeso nell'onore, non ti si addice proprio.»

A quelle parole, Jim si fece paonazzo. «Tu!» esclamò furibondo. «Proprio tu hai il coraggio di dirmi questo! Tu che tre anni fa sei scomparso senza una parola, dopo tutto quello che c'era stato fra noi!» La voce gli si era incrinata. «Tu che dovresti solo vergognarti!»

Steven non commentò e lo fissò in silenzio.

«Non rispondi?» riprese Jim tra i singhiozzi. «Non hai niente da dire? Potresti dirmi che non mi si addice la commedia del sedotto e abbandonato, o sbaglio?» sottolineò, facendo il verso alle sue parole di poco prima.

Steven rimase ancora in silenzio per alcuni istanti. Infine disse: «Jim...» Ma poi tacque nuovamente.

Quell'ostinato mutismo finì per far saltare definitivamente i nervi a Jim. «Non voglio più vederti!» gridò e, detto questo, gli voltò le spalle e si allontanò verso il campo.

Steven non lo seguì. Poco dopo Jim udì soltanto un rumore attutito di passi che si allontanavano nella boscaglia.

Capitolo 6

Era passato qualche giorno, Jim non aveva più incontrato Steven e si era dedicato anima e corpo al suo lavoro. I geologi avevano installato sul vulcano le apparecchiature che servivano per i loro rilevamenti e trascorrevano sul posto buona parte della giornata anche perché avevano rilevato che l'attività del vulcano non era per nulla tranquilla e temevano un'eruzione che non era possibile prevedere con anticipo.

Quel giorno l'equipe si riunì nuovamente per fare il punto della situazione che poteva rivelarsi, da un momento all'altro, estremamente pericolosa.

«La pressione e la temperatura sono in netto aumento,» esordì laconicamente Alvin.

«Vuoi dire che secondo te l'eruzione è certa?» domandò Markus, cercando di mascherare senza riuscirci le sue paure.

«Diciamo che ci sono delle probabilità che si verifichi,» rispose Alvin. «ma nessuno di noi è in grado di prevedere quando. Potrebbe anche non succedere nulla.» Dal tono della sua voce si capiva che quest'ultima possibilità gli appariva assai improbabile.

«E allora?» chiese Florian. «Cosa facciamo?»

La domanda cadde nel silenzio. Per alcuni istanti nessuno parlò, ognuno assorto nei propri pensieri.

Jim aveva seguito con crescente preoccupazione quello scambio di battute. Immaginava già l'isola sconvolta dall'eruzione e l'osservatorio travolto da un fiume di lava...

«Tu che ne pensi, Jim?» La voce di Alvin interruppe quelle sinistre fantasticherie. Evidentemente la discussione era continuata e Jim non l'aveva seguita.

«Scusami, zio,» disse, «Stavo pensando e non ho sentito la domanda.»

Alvin gli lanciò uno sguardo perplesso, chiedendosi cosa mai gli stesse succedendo in quei giorni. Ma non era il momento adatto per pensare ai problemi di Jim per quanto importanti potessero essere.

«Ti avevo chiesto,» gli ripeté, «se sei d'accordo con noi di informare le persone presenti sull'isola del pericolo che corriamo. È importante che anche loro sappiano cosa potrebbe succedere,» aggiunse.

«Beh, sì certo che sono d'accordo!» esclamò Jim pensando, irragionevolmente, di andare lui stesso ad avvertire Steven.

«Allora siamo tutti della stessa opinione,» concluse Alvin. «Vorrei però pregarvi,» continuò, «di non mettervi troppo in allarme: la situazione potrebbe degenerare, ma non è ancora detto, e comunque, non si tratta di una cosa immediata. Perciò è meglio aspettare alcuni giorni ad avvisare gli altri.»

Quelle parole ebbero l'effetto di rassicurare, almeno in parte, i componenti dell'equipe. Anche Jim si sentì un po' più tranquillizzato: il pericolo, in fondo non sembrava così imminente e tanto meno la partenza dall'isola. Impedendo ai suoi pensieri il loro corso, perché sapeva bene che avrebbe significato dover ammettere, contro ogni logica, di voler rivedere Steven, Jim si staccò dal gruppo e si diresse verso il punto in cui era stata allestita la cucina per preparare la cena.

Una dolce brezza rinfrescava l'aria e Jim, dopo aver riordinato la cucina da campo, stava contemplando lo spettacolo che gli offriva la baia silenziosa.

«Stanco?» gli chiese gentilmente Lennie, avvicinandosi. «O forse un po' malinconico?» aggiunse.

«No, Lennie,» gli rispose con una voce che però smentiva le sue parole, «non sono malinconico, ma questo paesaggio è talmente bello che è impossibile non soffermarsi a pensare a quanto siamo insignificanti rispetto alla natura...»

Lennie gli sorrise e commentò: «Dici di non essere malinconico, ma questi tuoi pensieri non mi sembrano proprio allegri. Ti lascio solo con loro,» aggiunse poi, «non voglio disturbare il nostro filosofo.» E così dicendo gli voltò le spalle per tornare dagli altri che nel frattempo avevano acceso un fuoco sulla spiaggia.

Jim rimase assorto nei suoi pensieri. Le voci dei colleghi gli giungevano da lontano, per un verso si sarebbe voluto unire a loro, per distogliere la mente dai ricordi che lo assillavano. Ma quella sera si sentiva un estraneo, aveva la sensazione di essere di troppo. Avvertiva un forte senso di colpa, temeva di aver tradito la loro fiducia non parlando loro di Steven.

Steven, il solo pensiero gli procurò una tale agitazione che non riuscì più a star fermo, tanto che decise di andare a fare una passeggiata. Qualche giorno prima, tornando dalla baia con Markus, aveva visto un sentiero non battuto. Aveva insistito perché lo andassero a esplorare, ma Markus, dopo pochi metri, aveva desistito con la scusa che l'avanzata era troppo faticosa. Decise di recarvisi per conto suo e corse in tenda per mettersi un paio di pantaloncini e prendere una torcia. Proprio nel momento in cui stava uscendo, Markus gli si fece incontro.

«Dove vai?» gli chiese in tono inquisitore.

Jim lo guardò seccato per quell'intrusione, ma rispose con calma, misurando le parole: «A fare due passi. Sono un po' nervoso e ho bisogno di sgranchirmi le gambe.»

«Posso accompagnarti?» gli chiese ancora l'altro.

«No,» fu la risposta secca di Jim. «Preferirei di no. Ho voglia di stare per conto mio.» Poi gli voltò le spalle, dirigendosi verso l'interno dell'isola.

Dopo aver camminato per una buona mezz'ora, Jim si ritrovò di fronte al sentiero che cercava. Si sentiva stranamente eccitato, non sapeva bene cosa aspettarsi, ma quell'avventura lo tentava. Camminò per parecchio tempo, incurante delle difficoltà che incontrava. La vegetazione lussureggiante si chiudeva dietro di lui, nascondendo il suo passaggio. Ormai non sapeva più di quanto si fosse allontanato dal campo, ma una forza irresistibile lo spingeva ad andare avanti. Improvvisamente, udì un mormorio d'acqua e cercò di individuare il luogo da cui proveniva.

Affrettò il passo e poco dopo si trovò di fronte a un minuscolo laghetto in mezzo a una radura. Aveva la sensazione di trovarsi in un giardino incantato: i raggi della luna, filtrando attraverso i rami degli alberi, si riflettevano sull'acqua cristallina creando dei magici giochi di luce.

Jim rimase ad osservare quello scenario di fiaba, affascinato dalla bellezza e dalla pace di quel luogo. Fu preso dal desiderio di far parte anche lui di quel tutto, di fondersi con esso. Lentamente, iniziò a spogliarsi e poi si immerse nell'acqua.

Mentre si lasciava cullare dolcemente dall'acqua, udì un rumore.

«Sei tu Markus?» chiese irritato, pensando che l'altro l'avesse seguito. Non ottenendo risposta cominciò a preoccuparsi. «Chi c'è?» ripeté, «rispondete!»

Ancora silenzio. Allarmato, Jim iniziò lentamente a nuotare per guadagnare la riva. Poi udì un tuffo. Sconcertato rimase immobile, cercando di capire da quale parte provenisse il rumore, ma era troppo tardi: due braccia forti lo trascinarono sott'acqua. Quando finalmente riuscì a tornare a galla, esplose: «Ma come si permette? Chi si crede...»

Ma due labbra implacabili gli chiusero la bocca in un bacio violento.

Sulle prime, Jim tentò di resistere, poi cedete al richiamo dei sensi e a quel contatto che gli era fin troppo noto.

«Steven,» sussurrò, stringendosi al corpo virile di lui. «Steven, ma sei nudo!» esclamò poi sgomento, allontanandosi da lui.

Steven gli sorrise. «Certo, mio piccolo Adamo,» rispose maliziosamente, «nel mio paradiso non esistono abiti. D'altra parte, come posso constatare, anche tu non hai nulla addosso, hai un sedere da far resuscitare un morto...»

Jim arrossì di vergogna e ringraziò il cielo che il buio nascondesse in parte il suo corpo nudo.

«È vero» ribatté, ma c'è una piccola differenza: «quando sono arrivato ero solo e ti assicuro che non aspettavo visite.»

Nonostante cercasse di mostrarsi indifferente, la sola presenza di Steven gli provocava, come ogni volta, emozioni contrastanti. Il desiderio di stringersi a lui, al suo corpo, e di scoprire le delizie dell'amore lo inebriava, ma la logica e la ragione gli impedivano di lasciarsi andare. Steven non parlava, ma lo fissava intensamente.

«Non pensavo che i sogni potessero diventare realtà,» gli disse poi, quasi in un sussurro. «Ieri sera, quando sono venuto qui a farmi un bagno, mi sono scoperto a desiderare che tu fossi qui con me. Ed ora il mio desiderio si è realizzati.» Parlando, l'aveva stretto tra le braccia e lo cullava dolcemente sull'acqua. Le sue mani forti e sicure accarezzavano lievemente il suo corpo, che a poco a poco si lasciò andare a quella dolce insistenza.

Poi la bocca di Steven cercò le sue labbra, sollecitando una risposta. Quelle carezze, così esperte e così insinuanti, risvegliarono in Jim un vortice di sensazioni mai provate. Mentre l'acqua lambiva i loro corpi avvinti e perduti nella passione, Jim capì che con nessun altro uomo si sarebbe sentito così appagato.

Le dita di Steven gli sfiorarono i capezzoli turgidi e le rotondità del sedere, facendosi sempre più insistente. Mai come in quel momento Jim dovette lottare, lottare contro se stesso per non lasciarsi sopraffare dalla passione. Sapeva che doveva allontanarlo, respingerlo, aveva già sofferto per causa sua. Sapeva di desiderarlo e odiava quella brama che lo rendeva privo di forze di fronte a lui. Steven voleva il suo corpo e le sue mani, le sue labbra, annullavano in lui ogni resistenza.

«Lasciati andare…» gli sussurrò con voce roca. «Fidati di me, amami…»

Fu un attimo, quelle parole furono sufficienti per far riprendere a Jim il pieno controllo di sé.

«Amarti?» proruppe con voce rotta. «Perché forse tu mi ami? Tu non mi hai mai amato! No, non sarò più così stupido come tre anni fa. Ci stavo quasi ricascando. Il lago, la luna, le paroline dolci. Non sono più l'ingenuo adolescente che credi. Mi chiedi di amarti,» continuò con enfasi, «ma tu non vuoi il mio amore, vuoi soltanto il mio corpo! Purtroppo per te, però, non sonno in vendita!» La rabbia aveva alterato il bel volto di Jim.

Si allontanò, raggiungendo rapidamente la riva.

In silenzio, Stevan lo seguì.

«E poi ricordati,» riprese Jim mentre si rivestiva, «non pendo più dalle tue labbra.»

«Basta!» lo interruppe l'altro, afferrandolo per le spalle. «Basta dire stupidaggini. Non sono io che ti sono venuto a cercare, sei tu che sei venuto qui sull'isola. E poi mi sembrava di capire,» continuò con sarcasmo, «che non ti dispiacesse quello che stavamo facendo poco fa. Non provocarmi, potresti anche pentirtene...»

Jim lo guardò allibito, come se tutto il resto non bastasse, lui gli attribuiva anche la colpa di quello che era successo!

«Non sono io che sono venuto qui a cercarti!» esplose furibondo «e tanto meno a provocarti! E poi,» aggiunse ironicamente, «da quando in qua sei diventato un astronomo? Se non erro, tre anni fa ti occupavi di tutt'altra cosa.»

Steven lo fissò gelidamente, poi rispose seccamente: «Non sono affari tuoi, Jim. Non mettere il naso in cose che non ti riguardano. E stai alla larga da me, altrimenti non sarò responsabile delle mie azioni. Giochi col fuoco, non dimenticarlo.» E così dicendo, si allontanò rapidamente lungo il sentiero.

Una volta rimasto solo, Jim si lasciò andare a un pianto disperato. Perché Steven era entrato di nuovo nella sua vita? Perché soccombeva così al suo fascino? Perché quell'amore che aveva tentato di soffocare tornava a tormentarlo?

A poco a poco, i singhiozzi smisero di scuoterlo e Jim si calmò. Lentamente si alzò e tornò al campo.

La mattina dopo, Steven riprese a sorvegliare i movimenti degli uomini che occupavano la barca sospetta che era ancorata sempre nello stesso punto. Aveva relegato con decisione il pensiero di Jim in un angolo recondito della mente: quel ragazzo avrebbe finito per creargli dei problemi anche sul lavoro, se continuava a entrare e uscire dalla sua vita nei momenti meno opportuni. Lo rivedeva dolce, arrendevole e appassionato mentre rispondeva ai suoi baci e poi subito dopo, ostile e aggressivo mentre lo accusava di essere il peggiore degli uomini. Quel comportamento avrebbe finito per provocare un brutto effetto sui suoi nervi, anche se per fortuna erano ben saldi. Prima o poi si sarebbe dovuto spiegare con Jim, avrebbe dovuto chiarire quella situazione. Allontanò nuovamente il pensiero di Jim e si concentrò sulla barca.

Poco dopo, qualcuno bussò alla porta dell'osservatorio. Era un uomo della base, che pregò Steven di seguirlo perché il professor Georges aveva urgenza di parlargli. Preoccupato, si affrettò con lui alla base.

Shane Georges lo attendeva con impazienza.

«Buongiorno, Steven,» lo salutò, «vieni, ho qualcosa di importante da dirti. Andiamo nel mio ufficio, si tratta di una cosa estremamente delicata.»

Sempre più preoccupato, Steven lo seguì all'interno della base. Cos'altro poteva essere successo? Georges attraversò una serie di corridoi, poi si arrestò di fronte al suo ufficio che aprì.

«Allora di che si tratta?» domandò Steven, non appena l'altro ebbe chiuso accuratamente la porta dietro di loro.

«C'è stata una nuova fuga di notizie,» rispose Georges con aria scoraggiata. «Non so come potremo continuare in questo modo,» aggiunse con un sospiro.

Steven prese a misurare a grandi passi la stanza, era inevitabile che dimenticasse Jim e si impegnasse nella ricerca dei traditori.

«Dai,» gli disse in tono di incoraggiamento, «non ti abbattere così. Vedrai che riuscirò a risolvere questo imbroglio, è questione di poco, ormai.»

Georges lo guardò fiducioso. «Lo spero proprio, Steven,» ribatté l'altro, «altrimenti non so proprio come faremo. Hai dei sospetti?» domandò poi.

«Ho delle idee che devono essere confermate,» rispose Steven, «e quindi preferisco non parlarne, per ora,» concluse.

«Come vuoi.» Georges gli sorrise. «Questo è lavoro tuo, e io non voglio interferire in alcun modo,» aggiunse.

«Allora siamo d'accordo,» disse Steven avviandosi verso la porta. «Io continuerò le mie ricerche e tu mi terrai al corrente anche della più piccola novità.»

«Senz'altro,» rispose Georges, «ci terremo in contatto come al solito.» E, detto questo, aprì la porta e fece strada a Steven verso l'uscita.

Una volta giunti all'ingresso della base, i due uomini si salutarono e Steven si guardò attorno pensieroso, mentre Georges tornava al suo laboratorio.

Prima di tornare all'osservatorio Steven decise di recarsi al campo dei geologi per rivolgere loro alcune domande. E poi, anche se rifiutava di ammetterlo persino a se stesso, c'era un altro motivo che lo spingeva ad andare là.

Quella mattina Jim aveva deciso di fermarsi al campo per esaminare il materiale che aveva raccolto nei giorni precedenti. Markus e gli altri componenti del gruppo erano saliti come al solito sul vulcano e lui si era alzato presto per preparare loro il pranzo, sapendo che non sarebbero tornati prima di sera.

Il lavoro che stava facendo lo impegnava moltissimo al punto che, immerso nell'analisi dei vetrini, non si era accorto che mezzogiorno era passato da un bel pezzo. A un tratto sentì qualcuno chiamare: «C'è nessuno?»

Il cuore iniziò a martellargli nel petto. *Steven.* Cos'era venuto a fare al campo? Cosa cercava? Jim corse subito fuori della tenda.

«Ciao,» riuscì a dirgli quando lo vide, cercando di controllare la sua agitazione.

«Ciao, sei solo?» gli chiese Steven avvicinandosi.

«Sì, gli altri sono sul vulcano, torneranno più tardi,» rispose Jim, tentando di mostrarsi seccato dalla sua intrusione. «Cercavi qualcuno?»

Steven parve esitare e infine rispose: «Sì, cercavo te.»

Jim lo guardò incerto, cosa voleva dire?

«Non credo che abbiamo molto da dirci.» ribatté, tentando di assumere un'aria fredda e distaccata, anche se il suo cuore gli suggeriva ben altro. «Cosa vuoi da me?» Gli chiese poi con voce malferma.

Steven gli era ormai molto vicino e lo osservava. Era ancora più bello di quanto Jim lo ricordasse: indossava un paio di pantaloni verdi ed era a torso nudo, con i capelli arruffati. Emanava un magnetismo e una vitalità irresistibili.

«Non riuscirai a tenermi lontano, Jim, » gli disse avvicinandosi sempre di più. «Dobbiamo chiarire alcune cose…»

Jim si ritrasse. Come sempre c'era in Steven una determinazione che lo spaventava.

«Beh, non ora,» gli rispose freddamente, «ho da fare, stavo esaminando dei vetrini e ho molto lavoro in arretrato.»

Steven, ignorando le sue parole, con un gesto rapido lo abbracciò stringendolo a sé. Jim sentì il suo corpo fremere al solo contatto con quello dell'altro.

«Perché mi sfuggi? Avevamo cominciato così bene tre anni fa,» sottolineò. Poi tacque e le sue labbra si chiusero su quelle di Jim, mentre continuava a stringerlo possessivamente. Jim cercò di resistere ma, come sempre, quel contatto gli faceva perdere ogni controllo, ogni resistenza.

«Lasciami andare,» disse debolmente, pur sapendo che era inutile.

Il desiderio che li possedeva entrambi stava prendendo il sopravvento e Jim si lasciò andare a quelle emozioni violente. Le sue mani gli accarezzavano la nuca, mentre il suo corpo aderiva a quello di Steven. Baciarlo, sfiorare quel corpo muscoloso, accarezzarlo, provocava in lui sensazioni talmente meravigliose che Jim si perse in quel rinnovato sogno d'amore. Gli anni che li avevano divisi in quel momento, non esistevano più, c'erano solo loro due, prigionieri l'uno dell'altro.

Steven lo sollevò delicatamente per portarlo nella tenda. «Jim,» mormorò mordicchiandogli teneramente il lobo dell'orecchio. «Jim, mio piccolo dolce ragazzo.» E di nuovo le sue labbra si impossessarono di quelle di lui, in un bacio violento e passionale.

Il fuoco che per tutto quel tempo aveva covato in Jim divampava ora in lui. Steven iniziò a spogliarlo lentamente, mentre la sua bocca scivolava sul corpo del ragazzo. Ma quando Jim, ormai vinto, gli sussurro: «Finalmente amore, non lasciarmi più...» Steven di colpo si arrestò. Quelle parole furono per lui come una doccia fredda. Ricordò la scena analoga avvenuta tre anni prima…

Si alzò di scatto e senza una parola lasciò la tenda.

«Steven!» gridò Jim sconvolto. «Steven, cos'ho detto? Cos'ho fatto?»

Ma Steven si era allontanato. Jim, allora si rivestì in fretta e lo rincorse. Udendo dei rumori provenire dal sentiero, si diresse da quella parte.

«Steven, Steven... Amore... Ti prego spiegami... Non...»

«Non cosa?» lo interruppe Markus, che sopraggiungeva proprio in quel momento. «Cosa significa tutto questo?»

Jim rimase impietrito: non si aspettava di incontrare Markus e tanto meno di trovarselo di fronte mentre cercava di raggiungere Steven.

«Jim, parla!» lo esortò Markus, scuotendolo violentemente. «Spiegati, perché chiamavi quell'uomo, cosa volevi da lui? Cosa è successo mentre ero via?»

Jim lo fissava senza rispondere, aveva il volto in fiamme, ma nonostante il forte senso di colpa che provava nei confronti di Markus, non intendeva parlare, non voleva spiegargli.

«Lasciami in pace, Markus,» gli disse cercando di divincolarsi dalla sua stretta. «Non ho voglia di parlare, ti spiegherò più tardi...»

«Cosa significa?» esplose Markus. La collera alterava i sui lineamenti, il volto paonazzo.

«Andiamo nella tenda,» propose allora Jim, cercando di ritrovare un po' della sua solita sicurezza. «Preparo un caffè.»

Non poteva più rimandare la discussione tra loro. Markus aveva il diritto di sapere cosa stava succedendo.

Markus lo seguì in silenzio, immerso nei sui pensieri. Vedendolo più calmo, Jim domandò in tono leggero:« Come mai sei tornato così presto?»

«Non siamo qui per parlare di questo,» gli rispose Markus seccamente. «Non sono io che devo rispondere alle tue domande, non cercare di cambiare le carte in tavola. Sei tu che devi parlare. Cosa è successo fra te e Steven Stuart?» gli chiese nuovamente con aria minacciosa.

«Niente,» rispose Jim, cercando di guadagnare tempo. «Niente. Cosa vuoi che sia successo?» Non sapeva come affrontare l'argomento.

«Non dire sciocchezze, Jim,» gli intimò Markus. «Allora perché lo rincorrevi chiamandolo *amore*?» Il tono della sua voce si faceva sempre più minaccioso.

«Niente, ti ripeto,» insistette, cercando di non guardarlo negli occhi. Ora che si era deciso a parlare, Markus lo spaventava con quel suo tono brusco. Distrattamente, slacciò i primi due bottoni della camicia per sentire meno caldo e Markus notò i segni lasciati dai violenti baci di Steven sulla pelle delicata del suo ragazzo.

«Niente, mi dici!» esplose allora, afferrandolo per un braccio. «E questi cosa sono? Non mi dirai che sono punture di insetti!»

Jim si sentì in trappola ed ebbe paura, una terribile paura. Markus era irriconoscibile e Jim, per la prima volta, ne ebbe paura.

«Questo sarebbe il caro e delizioso Jim,» riprese Markus con sarcasmo, «l'angelo del campo... Ora capisco perché in questi giorni eri così scostante con me: trovavi altrove quello che a me hai sempre negato.» Il tono della sua voce si era fatto stridulo. «Ma ora pagherai anche gli arretrati Jim. Non sono più il povero fesso che si tiene a bada con due bacetti.»

Parlando, l'aveva stretto a sé come in una morsa, bloccandogli le braccia dietro la schiena. La sua bocca gli cercò le labbra, mentre Jim lottava disperatamente nel tentativo di liberarsi.

«Sta fermo,» gli intimò lui con voce resa roca dal desiderio e dall'ira, «tanto ormai non puoi scappare...»

Aveva cominciato a baciarlo rabbiosamente, mentre con la mano libera tentava di aprirgli la camicia, che infine si strappò, mettendo a nudo il bel fisico di Jim.

«Ecco, vedi come tutto è più facile così...» riprese Markus accarezzandogli brutalmente i capezzoli. Jim continuava a lottare, ma si sentiva impotente contro la forza di Markus. Dov'era finito l'uomo timido e gentile che Jim conosceva?

«Sta fermo piccolo stronzo,» ripeté Markus, «se collaborassi ti renderesti conto di quanto può essere piacevole.» La bocca di Markus tornò su quella di Jim, implacabile.

Jim continuava a divincolarsi, cercando di sottrarsi a quella stretta e quelle carezze brutali.

«Ora basta,» disse infine Markus, spingendolo a terra e schiacciando il corpo di Jim con il peso del proprio. «Ora capirai finalmente chi è il buon Markus,» borbottò con voce roca, «e che cazzo potente che ha.»

Jim sentiva l'eccitazione crescere in Markus: lo aveva grosso e duro e sapeva ormai di non avere più scampo quando sentì abbassare il suo costume. Improvvisamente divenne arrendevole e, sfiorandogli la nuca, gli sussurrò: «Scusami amore, solo ora capisco...»

Markus, soddisfatto, allentò la stretta e cercò di dargli un bacio. Ma, proprio in quel momento, Jim lo morse con violenza sulle labbra e, approfittando del suo dolore e della sua sorpresa, si alzò di scatto e si diede alla fuga.

«Stronzo!» imprecò Markus. «Se ti prendo, non puoi nemmeno immaginare cosa ti succederà. Quel bel culetto te lo spacco tutto.»

Ma Jim era già corso lontano, in cerca di un rifugio sicuro. Le lacrime gli scorrevano copiose sul bel viso e la disperazione, la paura e l'angoscia lo pervadevano. Perché Markus si era comportato in quel modo, come un animale? Affranto si appoggiò a un albero cercando di recuperare la calma necessaria per poter più tardi rientrare al campo.

Capitolo 7

Il pomeriggio del giorno dopo, Jim, ormai ripresosi dallo choc subito a causa del violento comportamento di Markus, decise di andare a prelevare materiale per i suoi studi in una piccola baia dall'altra parte dell'isola.

Stava preparando lo zaino con tutto l'equipaggiamento per l'immersione, quando sopraggiunse Markus. Dal giorno prima Jim aveva cercato di ignorarlo, perché, per quanto si dicesse che lo aveva scusato, continuava a non fidarsi di lui. Ogni volta che Markus aveva cercato di parlargli lui si era allontanato e lo aveva evitato. E anche in quel momento, quando lo vide dirigersi verso di lui, provò l'impulso irresistibile di fuggire. Posò lo zaino per terra e si diresse rapidamente verso la sua tenda, ma Markus gli tagliò la strada.

«Jim fermati,» gli disse in tono supplichevole, «ti prego, fermati. Dobbiamo parlare...»

Jim si fermò: non poteva ignorare ancora una volta i suoi tentativi di parlargli, doveva almeno lasciargli l'opportunità di scusarsi.

«Va bene,» gli rispose conciliante. «Allora, che mi devi dire?» continuò affrontandolo.

Markus gli si accostò e gli disse sottovoce: «Vieni, non possiamo parlare qui, andiamo in un posto più tranquillo.» Così dicendo gli prese la mano, ma lui la ritrasse istintivamente.

«Markus,» gli disse freddamente, non riuscendo a mascherare la propria ostilità, «non ho tempo da perdere. Se hai qualcosa da dirmi, dimmelo qui e facciamola finita. Ho del lavoro da fare io,» aggiunse, «anche se sembra che tu lo abbia dimenticato.» La sua voce si era alterata e il suo atteggiamento mostrava chiaramente segni di insofferenza.

«Come vuoi,» provò Markus, «solo che è da ieri che mi eviti e...»

«Vorrei proprio vedere!» esplose Jim irosamente. «Dopo quello che è successo fra noi, è il minimo che possa fare. Sai benissimo,» continuò, «che basta una mia parola ad Alvin e tu saresti stato immediatamente rispedito a casa, con una carriera bruciata alle spalle. Perciò non hai alcun diritto di rimproverarmi,» concluse Jim furibondo.

«Sì, hai ragione, scusa... Ma non è questo che volevo dire,» cercò di riprendere Markus.

«E allora?» lo interruppe Jim.

«Insomma,» rispose Markus con aria imbarazzata, «quello che volevo dire è che da ieri sto tentando di parlarti, di scusarmi, di farti capire che tutto è successo perché non ero in me,» continuò arrossendo. «Solo che quando sono arrivato al campo e ti ho visto che correvi sconvolto chiamando quell'uomo *amore...*» Si arrestò e a Jim parve che non riuscisse più a parlare. «Beh, insomma», riprese lui con uno sforzo, «non so più cosa mi è successo, so soltanto che la rabbia e il dolore mi accecavano e allora...»

«E allora,» lo interruppe Jim in tono accusatore, «hai tentato di violentarmi! Il problema non era che io mi fossi o meno innamorato di un altro,» continuò con enfasi, «il guaio è che tu pensavi che all'altro avessi concesso quello che a te avevo sempre negato. Di' che non è vero!» Jim fremeva dalla rabbia, il dolore e l'umiliazione gli bruciavano ancora dentro e gli era impossibile controllarsi.

«No, Jim,» riprese Markus con aria mesta, «non è come pensi tu. La verità è che non ho capito più niente. Era come se un altro uomo si fosse impossessato di me. È per questo che ti voglio chiedere scusa,» aggiunse supplichevole. «Ti prego, dammi un'altra possibilità. Ti giuro che...»

«Restiamo amici,» propose Jim, pur sapendo che quanto era successo fra loro sarebbe sempre rimasto impresso dentro di lui come un marchio rovente. «Dammi un po' di tempo per dimenticare, d'accordo?» concluse, nonostante avesse la consapevolezza che non si sarebbe mai più potuto fidare di lui, né come amico, né tanto meno come compagno di vita.

«Come vuoi,» rispose l'altro in tono accomodante, «a più tardi,» gli disse poi, sapendo che sarebbe stato inutile insistere.

Jim lo osservò allontanarsi e non riuscì a provare nei suoi confronti altro che pietà. Pietà per quell'uomo che non avrebbe più potuto guardarsi allo specchio senza disprezzarsi. Poi si riscosse, cercando di non pensare a Markus e a quanto era accaduto: non gli sarebbe servito a niente se non ad accrescere la sua delusione e la sua amarezza. Guardò l'orologio, erano già le tre e mezzo. Era tardi e si sarebbe dovuto affrettare se voleva svolgere tutto il lavoro che si era prefisso. Prese lo zaino e si avviò di buon passo verso la baia.

La vegetazione lussureggiante gli permetteva di camminare all'ombra, ma nonostante spirasse una lieve brezza, il caldo si faceva sempre più intenso.

Finalmente giunse alla meta. In mezzo alla baia notò una barca che, quando era stato lì giorni prima, non aveva visto e questo lo innervosì ulteriormente. Si infilò la muta e lentamente scese in mare. L'acqua era fresca e, dopo il caldo sofferto fino ad allora, era proprio quello che ci voleva.

Jim nuotò a lungo, esplorando ogni minimo incavo nella roccia, fotografando tutto ciò gli pareva interessante e raccogliendo campioni che trovava e che metteva in un cestino allacciato in vita. Il mare e la vita sottomarina l'avevano sempre affascinato, quello per lui era il suo secondo mondo, un mondo nel quale nessuno poteva dargli fastidio.

A un certo punto uno strano pesce gli passò davanti, incuriosito Jim lo seguì. Il pesce non sembrava innervosito dalla sua presenza né tanto meno dalla luce del flash, anzi ogni tanto si fermava quasi ad aspettarlo. A poco a poco, mentre continuava a seguirlo, Jim si avvicinò sempre più alla rete di delimitazione della base militare. Infine se la trovò a pochi metri. Notò interessato la fitta vegetazione che si era formata su di essa e che creava un effetto particolarmente suggestivo.

Vide un'interessante colonia di molluschi attaccata alle maglie della rete e si avvicinò ancora di più per osservarla e ritrarla con la macchina fotografica. Mentre stava mettendo a fuoco, percepì una presenza armeggiare vicino alla rete. Jim scattò una fotografia e il flash, per un istante, illuminò un uomo, che parve non accorgersene, dal momento che era di spalle. Spaventato da quella apparizione, cominciò a nuotare velocemente nella direzione opposta. Chi era quell'uomo? Che cosa faceva lì? Ma questi interrogativi non trovarono risposta. Infine Jim raggiunse la riva e, una volta rivestito, si avviò al campo.

Un sesto senso lo avvertì che c'era qualcosa con non andava. Inspiegabilmente, sentiva di aver visto qualcosa che non avrebbe dovuto vedere, *ma cosa?* Continuava a ripetersi che avrebbe potuto benissimo trattarsi di un militare della base che stava controllando che non ci fossero strappi nella rete. Ma per quanto cercasse di convincersi che quella fosse la spiegazione giusta, qualcosa gli diceva che non era così. E se si fosse trattato di un malvivente? Accelerò il passo, doveva arrivare al più presto al campo. Forse, una volta stampata, la foto avrebbe rivelato qualche particolare interessante. Si diresse quindi nella tenda che usava come camera oscura e inizio a lavorare.

Dopo un po', ottenne ciò che cercava. Il particolare della foto, debitamente ingrandito, mostrava abbastanza chiaramente che l'uomo teneva in mano qualcosa che somigliava a un paio di cesoie. *Che stesse tagliando la rete?* si chiese Jim. *Che volesse aprirsi un varco?* e, dato che l'immagine non era molto nitida, che si trattasse di uno strumento per ripararla e quello fosse semplicemente l'uomo addetto a quel compito? Ma Jim non era convinto di quest'ultima spiegazione. Con chi parlarne? si domandò. Non certo con Markus, dopo il suo indegno comportamento del giorno prima. Non con Alvin, era troppo occupato a sorvegliare il vulcano perché potesse accollargli altre preoccupazioni. Con Lennie e Florian? Non se la sentiva. Una sola persona in quel momento gli dava, paradossalmente, maggior fiducia, maggior sicurezza: Steven. Ma il desiderio istintivo di recarsi da lui a raccontargli tutto cozzava contro i suoi dubbi e i suoi sospetti. La ragione gli diceva che Steven, in qualche modo, era implicato in quella faccenda. Un nuovo dubbio gli si insinuò nella mente: e se fosse stato lui il sabotatore? Se fosse stato lui l'uomo che aveva fotografato? Ma allontanò quel pensiero: non poteva essere possibile, era assurdo. La situazione si faceva sempre più confusa agli occhi di Jim, e sentiva il bisogno sempre più urgente di parlare con qualcuno, di esporgli i propri dubbi e le proprie paure. Se fosse andato da Steven, non avrebbe nuovamente tradito la fiducia degli altri, nascondendo loro qualcosa che poteva essere importante? Jim si sentiva invadere dall'angoscia, doveva fare qualcosa a tutti i costi.

Infine, prese la sua decisione.

Con la scusa di andare a fare due passi, imboccò il sentiero che conduceva all'osservatorio.

Era estremamente agitato, non sapeva se faceva bene a fidarsi dell'istinto, che gli diceva di andare da Steven, oppure se non avrebbe fatto meglio a seguire i consigli della ragione, che gli suggeriva di star il più possibile lontano da lui. Soprattutto dopo quanto era successo quel giorno al campo. Jim ripensò allo strano comportamento di Steven: cosa gli era preso? Andarsene così, proprio in quel momento in cui lui stava per cedergli. Pensò che l'unica cosa che gli restava da fare era cercare di mantenere le distanze fra loro, anche se ciò gli sarebbe riuscito estremamente difficile. Mentre faceva queste considerazioni, Jim continuò a camminare lungo il sentiero, che intanto era diventato sempre più stretto.

I rami degli alberi gli sfioravano il viso e i capelli che spesso vi rimanevano impigliati. Il silenzio che regnava era impressionante: non si udiva neppure il rumore del mare e la stessa natura intorno a lui pareva tacere, come esausta per il caldo soffocante. Anche l'aria era immobile, neppure un alito di vento agitava le foglie. Jim continuò ad avanzare, sempre più stanco e accaldato. Infine scorse fra gli alberi la sagoma dell'osservatorio e poco dopo giunse davanti all'ingresso dell'edificio.

«Cosa fai qui?» Steven aveva aperto improvvisamente la porta e lo scrutava con aria decisamente ostile. «Cosa vuoi?» ripeté.

Quell'atteggiamento lasciò Jim sconcertato. «Avrei bisogno di parlarti,» disse infine, cercando di nascondere il disappunto che il comportamento dell'altro gli aveva provocato.

«E cos'hai da dirmi di così importante da arrivare fin qui?» Continuò quello nello stesso tono.

«Non potrei entrare?» ribatté Jim, deciso a non lasciarsi smontare. «Non mi pare il caso di continuare a parlare qui...»

«Come vuoi,» gli disse, lanciandogli uno sguardo ironico. «Se non hai paura di entrare nella tana del lupo,» continuò con aria allusiva.

Jim ignorò quelle parole, pur accorgendosi con disappunto di essere arrossito. Quell'uomo era insopportabile! Steven l'aveva seguito all'interno e stava richiudendo la porta alle sue spalle.

«Da questa parte,» disse , indicando a Jim la strada da seguire.

Jim, mentre attraversavano un lungo corridoio, si guardò intorno con curiosità. Era lì che Steven viveva, che Steven trascorreva le sue giornate, che si occupava di...

Ma di cosa si occupava in realtà? I dubbi l'assalirono di nuovo: era stato pazzo a pensare di rivolgersi a lui senza sapere in pratica assolutamente nulla della sua attività, se non che un giorno l'aveva abbandonato ed era scomparso.

«Allora, non avevi qualcosa da dirmi?» La voce di Steven lo riscosse bruscamente. «Cos'è successo?» insisté lui.

Erano giunti in una stanza ampia e luminosa arredata con estrema semplicità con mobili di bambù, che proseguiva poi in una spaziosa veranda dalla quale era possibile dominare buona parte dell'isola.

«Ecco, io... Volevo parlarti, ma non so se...»

«E di che volevi parlarmi?» tagliò corto l'altro, senza minimamente mutare il proprio atteggiamento freddo e distaccato. Jim era furioso con se stesso nel momento in cui pensava di dover mantenere lui le distanze, Steven lo precedeva sulla stessa strada e Jim non era in grado di reagire! Decise di giocare il tutto per tutto: ormai era lì e doveva parlargli.

«Ho visto un uomo, sott'acqua, vicino alla rete di delimitazione della base militare. Mi è sembrato che volesse recidere le maglie,» disse tutto d'un fiato.

Steven rimase impassibile. Era stupito? Allarmato? Arrabbiato? Jim non avrebbe potuto dirlo, dal suo viso non traspariva nulla. Sconcertato, attese in silenzio.

«E che cosa ti ha fatto venire un'idea simile?» La domanda era stata posta in un tono freddo e impersonale.

Per un attimo Jim non seppe cosa rispondere. In fondo, le sue erano solo ipotesi, non aveva nessuna prova concreta.

«Beh,» rispose infine, «stavo facendo delle fotografie e, per caso, ho ripreso quell'uomo. Allora le ho sviluppate subito e ho fatto un ingrandimento di quel particolare,» continuò, «l'uomo mi è sembrato avere un atteggiamento sospetto\» concluse.

«E perché lo racconti proprio a me?» Steven lo fissava con un'espressione strana.

«Beh, non so...» L'imbarazzo di Jim era evidente. «Forse tu sai qualcosa di questa faccenda...» Si sentiva ridicolo. Ma come poteva spiegargli che, nonostante tutto, lui gli era sembrato la persona più preparata a risolvere quell'enigma? Tirò fuori la foto scattata poche ore prima e gliela consegnò.

Steven la prese e la guardò, sempre mantenendo un atteggiamento imperscrutabile.

«Questo non prova nulla,» disse infine, «la tua fantasia ha lavorato troppo. Si tratta semplicemente di uno degli uomini della base che sta riparando la rete e non sabotandola, come dici tu.»

Jim lo guardò perplesso. Si sarebbe dovuto sentire sollevato da quella spiegazione e invece c'era qualcosa che non lo convinceva.

«Ma...» provò a obiettare.

«Non lambiccarti troppo il cervello, Jim,» lo interruppe Steven, «non è successo proprio niente di preoccupante.»

Il suo tono si era stranamente addolcito e lo fissava intensamente.

Emozioni confuse agitarono Jim. A chi doveva credere? Alle parole rassicuranti di Steven o ai fatti che parevano smentirlo? Chi era in realtà Steven?

«Perché ti preoccupi, Jim?» gli chiese Steven. E a lui parve di vedere nei suoi occhi un lampo di tenerezza. «Non ce n'è motivo...»

Era ormai vicinissimo a Jim e lui avvertì come sempre il suo fascino prepotente e quell'avvolgente magnetismo. Ma nell'attimo in cui accennò ad attirarlo a sé, Jim si sottrasse al suo abbraccio. Troppi dubbi lo tormentavano e troppa era la paura di farsi ingannare da lui ancora una volta. Di scatto, Jim si voltò e fuggì. Udì la voce dell'altro che lo chiamava, esortandolo a tornare indietro, ma Jim attraversò di corsa il corridoio che avevano percorso insieme e, una volta raggiunta la porta, la aprì e si allontanò lungo il sentiero, senza voltarsi indietro.

Continuò a correre con il cuore in tumulto. Non guardò quasi intorno a sé, desiderava soltanto allontanarsi dall'osservatorio e da quell'uomo che riusciva a scatenare in lui una ridda di sentimenti e di emozioni contrastanti. Dopo un po', però, l'affanno lo costrinse a fermarsi. Non riusciva quasi più a respirare e aveva l'impressione che tutto gli girasse vorticosamente intorno. Cosa gli succedeva? Si appoggiò al tronco di una palma per riprendersi. Quando si fu calmato, si rimise lentamente in cammino. I pensieri gli si affollavano di nuovo nella mente. Quella visita all'osservatorio non aveva risolto nessuno dei suoi dubbi, li aveva soltanto aggravati.

Era sicuro che Steven avesse mentito dicendo che non aveva visto nulla di preoccupante e che era tutto frutto della sua fantasia. Ma perché mentirgli? Perché trattarlo come un bambino dall'immaginazione troppo fervida? La risposta che gli si affacciava alla mente era una sola: Steven era implicato con quanto lui aveva visto e tentava quindi di sviare i suoi sospetti. Questo significava che Steven aveva a che fare con qualcosa di losco, qualcosa che coinvolgeva la base militare…

Mentre la ragione pareva non trovare altra soluzione allo strano comportamento di Steven, il cuore di Jim si rifiutava di credere a una cosa del genere. Steven non poteva essere una spia, non era possibile, era assurdo. Eppure pareva non vi fosse altra spiegazione, perché tutte stridevano inesorabilmente con il suo atteggiamento ambiguo.

A forza di tormentarsi alla ricerca di una soluzione logica che scagionasse Steven, Jim fu preso infine da un tremendo mal di testa che ebbe come unico aspetto positivo quello di impedirgli di pensare.

Capitolo 8

Un altro giorno era passato e nulla di nuovo si era verificato. Jim, dopo aver trascorso una notte quasi insonne nel tentativo di trovare una risposta agli interrogativi che gli affollavano la mente, aveva infine deciso che quel pomeriggio sarebbe tornato a immergersi! Chissà che il mare, che tanto amava, non riuscisse, come altre volte, ad avere su di lui un effetto calmante.

Il tempo era strano, l'afa era diventata insopportabile e un'innaturale immobilità dell'aria pareva preannunciare l'arrivo del brutto tempo. Nel cielo non erano ancora comparse le nubi, solo una foschia che rendeva l'aria ancor più irrespirabile. Quello era un altro dei motivi per cui Jim desiderava tornare sott'acqua: forse lì avrebbe trovato un po' di refrigerio.

Proprio nel momento in cui Jim si metteva in cammino, la persona che, nonostante i suoi sforzi di allontanarlo dalla mente, occupava i suoi pensieri, si dirigeva verso la base militare.

Steven aveva deciso di informare Georges Shane della scoperta di Jim, nel caso, assai improbabile, che l'individuo ripreso dal ragazzo fosse veramente un uomo della base addetto a riparare la rete.

Una volta arrivato, dovette attendere un po' prima che Shane, occupato in laboratorio, potesse incontrarlo.

«Allora, Steven?» gli chiese questi ansiosamente non appena lo vide. «Qualche novità? Qualcosa non va?» continuò, notando i lineamenti tirati dell'amico.

«Sì, Shane,» rispose, «ci sono delle novità. Possiamo parlare senza essere disturbati?»

Georges lo condusse, come la volta precedente, nel suo ufficio.

«Allora?» chiese ancora, quando furono soli.

«Una domanda, prima di tutto, Shane,» disse Steven, «hai mandato qualcuno a controllare o riparare la rete sottomarina ieri pomeriggio?»

Georges lo guardò perplesso. «No Steven, assolutamente no,» rispose con sicurezza. «Ma perché mi fai questa domanda?» aggiunse poi.

«Per confermare dei sospetti che avevo e che ora sono diventati delle certezze,» rispose l'altro.

«Posso sapere di che si tratta?» chiese Shane preoccupato.

Brevemente Steven gli raccontò della scoperta di Jim, omettendo il fatto che era stato lui a farla e attribuendola a se stesso.

«Nell'incertezza non l'ho fermato,» disse. «Non ero riuscito bene a vedere cosa stesse facendo e non volevo scoprirmi inutilmente, meno persone sanno cosa faccio qui, meglio è,» concluse.

«Non era sicuramente uno dei miei,» ripeté Shane con decisione. «Ma allora chi era?» chiese poi.

«Sarebbe interessante scoprirlo,» considerò Steven, «ed è quello che ho intenzione di fare,» aggiunse. «Sicuramente qualcuno che ha a che fare con quella barca, ma non abbiamo prove. E comunque sia, ammesso che stesse recidendo la rete, bisognerebbe controllare il sistema d'allarme che scatta quando qualcuno si avvicina troppo alla recinzione.»

«Cosa possiamo fare?» chiese Shane preoccupato.

«Intensificare la sorveglianza di quella barca e dei movimenti dei suoi occupanti,» rispose Steven, «nonché il sistema d'allarme e accettarsi che sia sempre attivato. Solo così verremo a capo di questa faccenda.»

«E i geologi?» domandò ancora Shane. «Ti sei convinto che loro non c'entrano per niente con tutta questa storia?»

Steven lo fissò, poi corrugò la fronte. «Finché non ho delle prove tangibili per me possono essere tutti colpevoli o tutti innocenti. Comunque,» continuò, «sarà meglio affrettare la loro partenza, in un modo o nell'altro mi intralciano nel mio lavoro.»

«D'accordo,» approvò l'amico, «vedremo di far partire i geologi al più presto.»

Il pensiero di Jim attraversò la mente di Steven, anche lui sarebbe partito... Non era quello che voleva? Fece uno sforzo per imporsi di non pensare a lui, aveva bisogno della mente sgombra e lucida e mai come in quel momento si era sentito più lontano da una simile condizione. Salutò Georges, pregandolo di tenersi in contatto con lui, poi si diresse verso l'osservatorio.

Il tempo stava rapidamente mutando. Grosse nuvole nere avevano formato dei cumuli minacciosi attraverso i quali i raggi del sole filtravano a fatica, illuminando di una strana luce la superficie del mare, che stava anch'esso cambiando colore. I primi lampi squarciarono il cielo, mentre i tuoni producevano un brontolio forte e minaccioso.

Steven sapeva che i temporali ai tropici erano brevi ma violenti e rischiavano di causare molti danni. Affrettò quindi il passo mentre cominciavano a cadere le prime gocce di pioggia. Il mare si stava gonfiando e non avrebbe tardato a scatenarsi.

Improvvisamente notò qualcosa che si agitava fra le onde che cominciavano a ingrossarsi pericolosamente. Sulle prime non riuscì a capire bene di cosa si trattasse, poi si rese conto che era un uomo in difficoltà. Fece una smorfia di disappunto, *chi era quell'incosciente che aveva deciso di fare il bagno con un tempo simile?* pensò, mentre si affrettava a raggiungere la riva. *Meriterebbe che lo lasciassi annegare*, si disse, *possibile che non si sia accorto che quello è uno dei punti in cui la corrente è più forte?* Ma ormai non c'era più tempo da perdere e Steven, senza altri indugi, si lanciò fra i marosi.

Capitolo 9

Jim stava nuotando lentamente. Aveva visto una grotta ed era ben deciso a entrarvi. L'acqua, a quella profondità, era fredda, ma grazie alla muta, poteva continuare tranquillamente la sua perlustrazione. A un tratto vide un bellissimo pesce variopinto entrare nella sua tana e si avvicinò, sperando di poterlo fotografare. Ma il pesce pareva ben deciso a non uscire dal suo buco e così, stanco di aspettare, Jim si avviò verso la grotta. L'apertura si trovava parecchi metri sotto di lui e Jim controllò quanto ossigeno gli rimaneva. Dal momento che le bombole erano quasi piene, cominciò a nuotare in quella direzione. Provava sempre una sorta di eccitazione mista a paura quando si trattava di entrare nelle grotte sottomarine, forse perché lì non giungeva la luce e si aveva la sensazione di profanare un regno proibito. Anche quel giorno, Jim provò la stessa sensazione, infilandosi nello stretto cunicolo si sentì quasi a disagio e illuminò il mare davanti a sé con la torcia, nuotando lentamente. Improvvisamente, il budello si allargò e Jim si trovò un'ampia grotta sottomarina dai colori grigio azzurri. In alcuni punti la roccia, illuminata dalla luce della torcia, assumeva delle tinte quasi rosate. Mentre Jim si era fermato ad ammirare quello spettacolo unico, gli sbucò davanti un pesce dalla bellissima coda a velo. I suoi toni rossastri con le sfumature azzurre lo colpirono, era decisamente il più bel esemplare della sua specie che avesse mai incontrato e si affrettò a fotografarlo. Il pesce non sembrò particolarmente disturbato, ma a un tratto si allontanò velocemente, facendo fluttuare la sua splendida coda, come se qualcosa lo avesse spaventato. Jim si guardò intorno, cercando di capire cosa fosse successo, ma nonostante cercasse di illuminare il più possibile la grotta, non capì perché tutti i pesci si fossero rifugiati nelle loro tane. Stupito, ma anche un po' preoccupato, cominciò a nuotare verso l'uscita. Improvvisamente si trovò di fronte una torpedine di quasi un metro e mezzo di lunghezza. Sulle prime, Jim ebbe un moto di paura e si ritrasse all'interno della grotta, ma poi guardò l'orologio e si rese conto che non aveva tanto tempo da perdere. *Tanto peggio per te*, pensò, *se non te ne vai, finirai per lasciarci la pelle*. Ma uccidere un qualsiasi essere vivente lo ripugnava, anche se in quel caso non aveva via di scampo. Sapeva perfettamente che la scossa di una torpedine era in grado di abbattere un cavallo, quindi non tentò neppure di avvicinarsi, ma prese la pistola subacquea e illuminò il pesce, pronto a sparare se fosse stato necessario. L'animale, spaventato dalla luce, si voltò bruscamente e batté in ritirata. Jim emise un sospiro di sollievo. Nuotò velocemente verso l'uscita della grotta e cominciò a risalire. Ben presto si rese conto con angoscia che il mare si era molto ingrossato e incontrò diverse difficoltà nella risalita.

Cercando di non lasciarsi prendere dal panico, lottò per tornare in superficie. Con un enorme sforzo, finalmente riuscì a emergere. Rimase sgomento vedendo che il mare si era fatto burrascoso. Iniziò a nuotare disperatamente verso riva, ma un'ondata gigantesca lo travolse, trascinandolo di nuovo sott'acqua. Riemerse a fatica, ma fatti pochi metri si accorse che la corrente lo trasportava sempre più a largo.

Continuò a nuotare disperatamente, ma più il tempo passava più si rendeva conto dell'inutilità dei suoi sforzi. Vide la riva farsi sempre più lontana e il terrore ebbe il sopravvento. Travolto dalla furia delle onde, esausto, si abbandonò al suo destino.

Improvvisamente, quando ormai stava per perdere i sensi, si sentì afferrare alle spalle, mentre qualcuno lo sorreggeva tenendogli la testa fuori dall'acqua. Era Steven che, dopo molti sforzi, era riuscito a raggiungerlo. Gli sfilò velocemente le bombole stando bene attento a non farlo bere. Poi iniziò a nuotare faticosamente verso riva. La corrente era fortissima e le onde alte rendevano l'impresa disperata, ma Steven era un abile nuotatore e sapeva sfruttare appieno le proprie forze.

Infine riuscì a raggiungere la riva. Jim aveva ormai perso i sensi e Steven gli praticò la respirazione bocca a bocca. A poco a poco, riprese conoscenza, aprì gli occhi e si trovò davanti Steven.

«Dove sono?» gli chiese. «Cos'è...» Ma non riuscì a terminare la frase e svenne nuovamente.

Grosse gocce di pioggia cominciarono a cadere mentre il vento sferzava le palme, ululando cupamente. Steven lo prese in braccio e si diresse rapidamente verso l'osservatorio. Stanco ed estenuato, sapeva di dover arrivare prima che il temporale scoppiasse in tutta la sua violenza.

Una volta giunto al riparo, chiamò subito con la ricetrasmittente la base militare per chiedere aiuto.

«Pronto, pronto... Dovrei parlare col professor Shane Georges,» disse alla voce dall'altra parte.

«Lo vado a cercare,» rispose la voce.

Steven rimase in attesa, aspettando con i nervi tesi. Era preoccupato per Jim. Appena rientrati l'aveva spogliato e messo a letto nella sua stanza, ma per quanto respirasse bene, non aveva più ripreso conoscenza da quando era svenuto sulla spiaggia.

«Pronto, Steven.» La voce di Shane lo riscosse dai suoi pensieri.

«Shane, ho bisogno di un dottore, ne avete uno alla base, vero?»

«Sì, te lo mando subito,» rispose Shane, preoccupato dal tono di voce dell'amico. «Ma che ti è successo?»

«Non c'è tempo per le spiegazioni, mandami subito il dottore,» concluse Steven chiudendo la comunicazione.

Andò poi nella camera da letto, era immersa nella penombra. Jim pareva addormentato. Si avvicinò al letto e prese una sedia per sedersi accanto a lui. Si sentiva inerme, non sapeva cosa fare di fronte all'immobilità di Jim. L'unica cosa che lo rassicurava era il fatto che respirasse normalmente.

Poco dopo arrivò il dottore, accompagnato Shane.

«Cosa è successo?» chiese subito il medico entrando nella stanza.

«Mi trovavo vicino alla baia,» rispose Steven, «e quando l'ho visto mi sono reso conto che non riusciva più a tornare a riva. Una volta giunti in salvo è svenuto,» Il volto tirato di Steven tradiva la sua preoccupazione.

«È strano,» rispose il medico, «ma non è più rinvenuto?»

«Sì, certo,» replicò Steven, «gli ho praticato subito la respirazione artificiale e lui ha ripreso i sensi, ma poi è svenuto di nuovo.»

«Bene, mi sembra inutile continuare a parlare, sarà meglio che lo visiti,» riprese il medico, «così potremo accertarci delle sue condizioni.»

Steven e Shane uscirono dalla stanza e rimasero nel corridoio in attesa.

«Ma chi è?» chiese il professore incuriosito.

«Jim Semay, un componente del gruppo dei geologi,» rispose lui meccanicamente.

«Lo conoscevi già?» insisté l'altro, stupito dal comportamento di Steven. Non l'aveva mai visto in quello stato, sembrava una belva in gabbia, passeggiava su e giù lungo il corridoio preoccupato per le condizioni del ragazzo.

«Sembri un padre in sala di attesa,» scherzò Shane, cercando di distrarlo.

«Non dire sciocchezze!» rispose seccamente Steven. «Non mi pare il caso…»

«Scusate,» li interruppe il medico uscendo dalla stanza. «È tutto a posto, il suo ospite si è ripreso. Venite, potete entrare.»

I due uomini lo seguirono nella stanza dove Jim, ormai sveglio li stava aspettando.

«Come stai?» gli chiese premurosamente Steven avvicinandosi al letto.

«Ora bene,» rispose lui arrossendo. «Steven mi dispiace di averti dato tutto questo fastidio,» aggiunse, «mi sento terribilmente in colpa.»

«Non dire sciocchezze,» rispose bruscamente l'altro. «L'importante è che ora tu ti senta bene,» aggiunse sorridendo dolcemente.

«Bene,» s'intromise il medico, «ora sarà meglio lasciar riposare il nostro giovane amico. Deve aver passato una gran brutta esperienza e io gli ho dato un calmante. Jim cerchi di dormire ora,» si raccomandò poi rivolto a Jim. «Sarà meglio che non si alzi dal letto fino a domani, va bene?» concluse, rimettendo nella valigetta i suoi strumenti.

«Ma…» tentò di obiettare Jim.

«Benissimo dottore, non si preoccupi, starò attento io che non si alzi,» lo interruppe Steven con un tono che non ammetteva repliche.

«D'accordo. Allora arrivederci, Jim,» lo salutò il medico. «E mi raccomando, si riposi. Si è preso un bello spavento.»

Dopo che anche Georges l'ebbe salutato, i due uomini uscirono dalla stanza accompagnati da Steven.

«Pensate di riuscire a tornare alla base?» chiese questi vedendo che il temporale non accennava a diminuire.

«Sì, non preoccuparti, dovremmo farcela senza problemi,» gli rispose Shane, mentre il dottore saliva sulla jeep. «A presto,» aggiunse, «e non preoccuparti, il tuo protetto sta bene,» concluse il professore strizzandogli maliziosamente l'occhio.

Il vento continuava a infuriare e la pioggia sferzava con violenza i vetri della casa, Steven si affrettò a chiudere la porta e tornò nella camera in cui si trovava Jim.

«Beh, come va, piccolo?» gli chiese teneramente. «Tutto a posto, ora?»

«Sì, non preoccuparti. Mi dispiace soltanto di averti dato un mucchio di noie,» rispose Jim con un timido sorriso.

Steven lo osservò: come sembrava piccolo e fragile in mezzo a quel grande letto! Il volto pallido, i capelli arruffati e quell'aria spaurita gli davano un aspetto infantile. Per un attimo gli parve di ritrovare il ragazzino che aveva conosciuto tre anni prima.

«Steven, a cosa stai pensando?» gli chiese Jim, distogliendolo dai suoi pensieri.

«A niente di particolare,» rispose lui brusco. «Ma, spiegami, cosa facevi in mare con questo tempo?»

«Secondo te cosa facevo?» ribatté Jim, inalberandosi e ritrovando le forze.

«Non ne ho proprio idea! Lo sa il cielo!» replicò Steven irritato dal tono aggressivo di Jim. «Ma, in ogni caso, bisogna essere proprio degli incoscienti per avventurarsi in mare con un tempo simile!» esplose incapace di controllarsi.

«Si dà il caso che quando mi sono immerso il tempo non fosse affatto così brutto!» riprese Jim con il volto in fiamme. «E il mare era calmo, non sono un meteorologo che può intuire ogni minimo cambiamento, non trovi?»

Jim aveva cominciato ad agitarsi e Steven, preoccupato, se ne rese conto.

«D'accordo, scusami,» gli disse, cercando di calmarlo. «Non volevo farti inalberare, solo che mi sono preoccupato. Raccontami cosa ti è successo,» lo invitò poi dolcemente.

Jim gli parlò delle immersioni, del tempo che aveva perso ad ammirare la grotta sottomarina e delle foto che aveva scattato sott'acqua.

«Quando sono tornato in superficie un'onda mi ha sommerso e, non so perché, mi sono fatto prendere dal panico.» Parlando gli occhi gli si erano spalancati, rivelando il terrore che aveva provato. La sua voce, poco a poco, si era fatta più acuta, mentre Jim riviveva quei terribili momenti.

«Più tentavo di risalire,» riprese Jim, «più bevevo acqua, non sapevo più che cosa fare, poi a un certo punto mi sono mancate le forze e ho cominciato a bere.» Si interruppe e scoppiò in un pianto disperato.

La paura aveva preso il sopravvento, perché in quel momento Jim si era reso conto di come sarebbe andata a finire la sua avventura se Steven non fosse intervenuto a salvarlo.

L'altro uomo lo prese tra le braccia e lo cullò dolcemente. «Su, caro, stai tranquillo, è tutto finito,» gli disse cercando di confortarlo, «sei qui tra le mie braccia, Jim, ora è tutto finito.»

Jim continuava a piangere scosso dai singhiozzi. «Ho paura, ho paura,» ripeteva convulsamente. «Ho paura... L'acqua... L'acqua... Aiuto...»

Steven maledisse fra sé il momento in cui gli aveva chiesto di raccontargli dell'incidente. Stupidamente non si aspettava una reazione simile.

«Jim, Jim...» lo richiamò, schiaffeggiandolo leggermente per farlo riprendere da quella crisi isterica. «Jim, è tutto finito.»

Finalmente il ragazzo uscì da quell'incubo e si rese conto di trovarsi tra le braccia di Steven.

«Oh, Steven,» sussurrò con voce flebile, «ho avuto paura, non credo che riuscirò più a tornare in mare.»

«Non essere assurdo,» replicò Steven dolcemente, asciugandogli con piccoli baci le lacrime che scivolavano sul suo bel viso. «Domani non te ne ricorderai più e tornerai a immergerti più sicuro di prima.»

«No!» lo contraddisse Jim .«Non sarà più possibile, ho troppa paura.»

«Scenderemo insieme,» continuò Steven teneramente, «se sei con me sai che non ti succederà nulla,» aggiunse stringendolo forte fra le sue braccia.

Poco dopo si alzò e andò a prendergli un sonnifero.

«Su, bevi,» gli disse porgendogli un bicchiere, «ti farà bene.»

Jim bevve tutto d'un fiato poi implorò: «Ti prego, resta con me, non mi lasciare.»

Dopo pochi minuti si era addormentato.

Steven si era sdraiato accanto a lui e continuò a tenerlo abbracciato riflettendo sul carattere tempestoso del ragazzo.

Erano passate molte ore quando Jim si svegliò. Aprì gli occhi domandandosi dove si trovasse, poi avvertì la stretta di Steven, che nel frattempo si era addormentato. Di colpo ricordò tutto: il mare in tempesta, il salvataggio di Steven, il dottore…

Stava molto meglio e trovarsi fra le braccia di Steven gli dava un grande senso di sicurezza. Lo guardò a lungo: i folti capelli scuri, il volto disteso… Anche nel sonno Steven comunicava una sensazione di forza. Si chinò su di lui e gli sfiorò la bocca con le labbra, ma rimase sconcertato quando sentì le sue mani stringerlo, e le sue labbra schiudersi a quel lieve contatto.

Fu un bacio meraviglioso, dapprima dolce, poi sempre più intenso. Steven socchiuse gli occhi e Jim ebbe l'impressione che gli rivelassero la passione che gli bruciava dentro.

«Cosi il piccolo tigrotto si è svegliato,» gli sussurrò Steven, con un sorriso, «vedo che ti senti meglio,» disse poi stringendolo a sé, mentre le sue mani ne sfioravano il corpo.

Il ragazzo si rese conto di avere indosso solamente la maglietta del pigiama di Steven, ma in quel momento nulla gli importava se non la violenta passione che lo divorava. Ormai aveva capito di amare Steven e quella era l'unica cosa che contava.

Gli cinse il collo con le braccia e gli si offrì con abbandono. I baci di Steven gli rivelarono la sua ardente passione e il suo corpo, a poco a poco, si lasciò andare al delizioso languore che lo invadeva.

Jim appoggiò le labbra sul torace forte e muscoloso di Steven coprendolo di baci. La scoperta di quel corpo virile lo eccitava ma, a un tratto le mani di Steven, che fino a poco prima avevano indugiato sulle dolci rotondità del corpo del ragazzo, risvegliando in Jim un piacere violento e sconosciuto, smisero di accarezzarlo.

«Jim…» mormorò Steven con voce roca, «Jim, tu stai male… Dobbiamo fermarci… Non possiamo… Il medico ha detto…»

Ma Jim gli chiuse la bocca con un bacio ardente e appassionato. «La migliore medicina sei tu,» gli sussurrò stringendosi a lui.

Steven posò la bocca al centro del suo petto. «Amo questo centimetro di pelle.» Contrasse le labbra in un bacio. «Perché qui c'è il mio Jim.»

Jim gli accarezzò i capelli.

«E amo questo ombelico perché anche qui c'è Jim. E poi qui…» Le labbra scivolarono di lato, lentamente. «Jim è qui, e qui,» giocando con un capezzolo, «e anche qui.»

Anelli di fuoco dolce attraversarono la pelle. Jim pensava che fosse l' alba del suo corpo, della sua anima. Era come guardare il sole per la prima volta nella vita, la luce che fendeva dolcemente il buio e dava forma alle cose, che scaldava, scioglieva il ghiaccio, disperdeva il gelo. Era sgomento e solo il richiamo continuo dei baci e delle carezze lo obbligava a non paralizzarsi nella meraviglia di quelle nuove sensazioni.

Jim, seduto addosso a Steven, gli stringeva i fianchi con le gambe, le spalle con le braccia e si lasciava amare.

Lo seguiva, come una barca la corrente. Il suo corpo era rilassato, il suo cuore zampillava emozioni vivide, accavallate a colori mai visti e immaginati sulla tavolozza della sua anima. Se avesse potuto dipingere davvero tutto quello che stava provando per Steven avrebbe usato colori puri, l'azzurro per la sua gentilezza, il blu per l'intensità della sua devozione, il rosso rubino per la passione e l'oro per la sua intima purezza.

Nessuno lo aveva mai toccato così, con un amore che passava attraverso la pelle, l'infinitesimale sfumatura di un passaggio di labbra, il grado di pressione della mano, lo scivolare delle dita verso i punti più sensibili. Jim si sentiva come un bambino che scoprisse per la prima volta il mondo. Un bambino attraversato da un amore così grande da esserne sconvolto.

All'inizio della loro notte, il suo Steven era stato talmente travolto dalle emozioni e dalla bellezza di ciò che gli stava succedendo da essere fuori di testa, perché la felicità era arrivata a lui come un'esplosione inattesa, proprio quando aveva perso ogni speranza. Steven lo aveva rassicurato e calmato. Aveva provato una tenerezza sconfinata a fare per lui qualcosa che non avrebbe mai immaginato di essere capace con un uomo: lo aveva guidato, si era preso cura di lui rilassandolo e penetrandolo con dolcezza. Jim non era mai stato tanto bello come in quei momenti. Sembrava un angelo e Steven si era sentito forte, grande, felice e orgoglioso di dargli quell'estasi.

E raggiungendo l'orgasmo, Steven gli aveva preso la mano e l'aveva stretta senza fargli male, come se volesse fonderla con la sua, come i loro corpi incastrati. E così si era tranquillizzato e aveva ritrovato il suo equilibrio di uomo protettivo e dolcemente appassionato. Aveva cominciato ad avvolgerlo nel suo calore come dentro due ali accoglienti. Col trascorrere delle ore, Jim, che all'inizio si era sentito più sicuro, aveva compreso di essere entrato in un territorio sconosciuto, dove non sapeva come muoversi. Tutto lo spiazzava, perché tutto era nuovo. I baci di Steven non erano come quelli che aveva ricevuto da Markus, non erano labbra, lingua, saliva, ma esperienze di un amore che passando per il corpo coinvolgevano tutta l'anima. Mentre si lasciava percorrere da quelle emozioni, piangeva pensando che era soltanto l'inizio, che avevano ancora tutto da scoprire l'uno dell'altro e del loro essere insieme. Troppo, era troppo, così tanto da sembrare un sogno.

«Sto sognando.»

Seduti sul letto, avvinghiati l'uno all'altro, Jim affondava le labbra nei suoi capelli. Steven gli baciava il collo.

«No» sospirò. «No, senti le mie mani.»

Le dita scivolarono lungo la spina dorsale, una vertebra dopo l'altra. A Jim parve che quel percorso, come le labbra di Steven sul collo, definissero il corpo, ciò che era e sentiva, per la prima volta. Era reale perché Steven lo toccava, sentiva perché Steven sentiva, amava perché il loro amore era uno.

Jim lo guardò negli occhi, un'altra volta. Erano di un chiarore cangiante sotto la luce notturna della finestra. Un lampo rivelò la bellezza del suo viso e il sorriso languido sulla sua bocca. Poi ancora quel buio di inquieti bagliori, le ombre della pioggia riflesse sulla parete. Quando Steven lo penetrò per la seconda volta, Jim lo strinse forte, quasi entrando con le dita nella pelle.

Desiderava diventare parte di lui, fondersi col calore del suo torace, non distinguere più il piacere divorante del suo sesso nelle viscere da quello della propria erezione che pulsava sfregandosi contro la sua pancia. Si muoveva su di lui per essere scavato a fondo dalla sua forza e dalla sua dolcezza. Il sesso era molte cose, spesso dolore. Il sesso con Steven, il suo vero amore, era libertà di essere. E lui era energia, sesso, immaginazione, una visione di colori e forme che trasformano le cose, era la gioia di amare e di lasciarsi andare, era una balena di vetro blu che addensava tutta la luce del mondo. Come gli occhi di Steven, persino al buio poteva vederne il colore.

«Ho bisogno di te e del tuo amore. Ho bisogno che tu me lo dica ancora che mi ami,» disse. Sentiva, mentre il piacere saliva dal centro del corpo, di essere totalmente suo, carne della sua carne.

Steven spingeva dentro di lui come se percepisse la forma del suo piacere, quanto lo volesse a fondo e intensamente. Aveva portato una mano alla sua nuca, le dita alla base dei capelli. Lo stava proteggendo, dal mondo, dal suo passato, sembrava promettergli che tutto sarebbe stato diverso, a partire da quel gesto.

«Ti amo. Sei il mondo per me. tutto. Ti amo, ti amo…»

Unirono le labbra in un bacio tenero e intimo che non finiva, anche dopo che stretti l'uno all'altro si stordirono nell'orgasmo. Vennero insieme e, soddisfatti, si rilassarono l'uno nelle braccia dell'altro.

Jim dormiva tra le sue braccia. Respirava tranquillo, la schiena contro il suo petto, mentre Steven lo teneva stretto a sé, le gambe tra le sue gambe, il bacino contro il bacino.

Anche Steven si stava addormentando, sebbene il cuore avesse ripreso a battere forte per l'emozione. Aveva passato il naso contro la sua nuca e inspirato quel profumo pungente che da quella prima esperienza era ormai legato all'ossessione che aveva per Jim. Quel profumo era l'odore dell'amore.

Gli sembrava incredibile che fosse accaduto. Il futuro sarebbe stato la gioia di averlo accanto. Non sapeva per quanto, se per un giorno o per sempre, ma Steven sentiva che tutta la vita sarebbe stata misurata, d'ora in poi, su quei momenti di felicità. Jim era la prova che l'amore esisteva, per quanto non fosse misurabile nel tempo, e l'eternità poteva anche bruciare in un solo istante perché in fondo, agli occhi dell'universo, anche la vita di un sole era meno di un battito di ciglia.

Accarezzò la pelle della sua pancia dove trovò una peluria fine, sotto l'ombelico, bionda come i suoi capelli. La toccò, salì verso il petto. Poteva stringerlo tra le sue braccia, perché Jim era esile. Però non era scarno. Sotto i polpastrelli sentiva la forma dei suoi muscoli snelli. Lievemente, dal petto seguì il percorso verso le braccia. Intrecciò le mani con quelle del ragazzo. Jim si assestò contro il corpo tanto da incastrarsi perfettamente.

Steven chiuse gli occhi. Non si sarebbe mai abituato a tutta quella bellezza.

Quella notte si amarono scoprendo un'estasi, un piacere che nessuno dei due aveva mai provato. I loro corpi si completavano, si scoprivano, si accoglievano per poi fondersi in un crescendo di passione. Quella notte appartennero l'uno all'altro senza che nessuna barriera si frapponesse tra loro, la passione li travolse, rendendo inutili le parole. Il mondo era lontano, dimenticato, e loro due erano consci solo del desiderio che li univa.

Capitolo 10

La mattina dopo Jim aprì pigramente gli occhi e, attraverso le feritoie della persiana, vide l'azzurro del cielo. Si guardò intorno, stupito. Era solo, quella non era la sua tenda e quell'immenso letto a due piazze aveva ben poco a che vedere con la sua brandina da campo. Di colpo i ricordi si riordinarono con precisione nella sua mente. Aveva passato la notte con Steven, nel suo letto, con tutto ciò che ne derivava. Arrossì al ricordo. Le carezze appassionate dell'amante gli bruciavano ancora sulla pelle, come i suoi baci, teneri e violenti al tempo stesso.

Ricordò i suoi slanci pieni di desiderio, i suoi abbracci possessivi, la sua dolcezza, e lui gli si era dato ancora una volta, ma non più con l'incoscienza di un ragazzino bensì con la consapevolezza di un uomo. Jim era sicuro dei suoi sentimenti: amava Steven di un amore totale, appassionato, possessivo. Lo amava senza remore, senza riserve. Era lui l'uomo che desiderava avere accanto per tutta la vita, solo lui. Ma Steven l'amava veramente? Ancora una volta il tarlo del dubbio si impadronì di lui.

Steven non gli aveva detto di amarlo, non gli aveva fatto promesse, non gli aveva chiesto nulla. Aveva fatto l'amore con lui con desiderio, passione, tenerezza, ma dopo? *Forse*, si disse Jim con amarezza, *per lui esisteva solo il momento della passione travolgente*. Per Jim era diverso, il suo era un sentimento troppo forte perché potesse esaurirsi nello spazio di una notte. Ma ne avrebbe affrontato le conseguenze, era cresciuto ormai e sapeva ciò che faceva. Non gli avrebbe chiesto nulla, avrebbe preso ciò che l'altro gli avrebbe potuto offrire. Poi, forse, Steven sarebbe scomparso di nuovo dalla sua vita, ignorando che lui non avrebbe più amato con la stessa passione e intensità.

Una volta presa quella decisione Jim si sentì più calmo. Finalmente poteva alzarsi e prepararsi per tornare al campo.

Quando si fu rivestito attraversò il lungo corridoio e giunse alla veranda, dove trovò Steven.

«Già pronto, tesoro?» gli chiese quello con un sorriso, sfiorandogli poi le labbra con un bacio.

«Sì, Steven,» rispose Jim, cercando di mascherare le emozioni che la sua vicinanza risvegliavano. «Gli altri saranno in pensiero per me e vorrei andare a tranquillizzarli.»

«Come vuoi, anche se avrei un'idea migliore per passare il tempo,» ribatté l'altro guardandolo con malizia.

Jim arrossì come uno scolaretto. Possibile che davanti a lui non riuscisse a controllarsi? Stava cercando una battuta pungente per rispondergli a tono, quando udirono bussare ripetutamente alla porta. I colpi si fecero mano a mano più forti e insistenti.

«Ma chi può essere?» chiese Jim perplesso.

«Io credo proprio di saperlo,» commentò Steven. Sporgendosi dalla veranda per vedere chi fosse l'impaziente visitatore. «È come pensavo,» disse poi a Jim. «È il tuo caro fidanzato che viene a reclamarti,» aggiunse con ironia.

Quelle parole, ma più ancora il tono in cui vennero pronunciate, ferirono Jim.

«Non chiamarlo così!» esclamò con impeto. «Markus non è nulla per me!»

«Davvero? Sei un ragazzo dai sentimenti mutevoli,» replicò ironicamente Steven. «Comunque,» continuò, senza lasciargli il tempo di ribattere, «è tutto tuo, te lo lascio. Io torno dentro.» E ciò detto lo lasciò solo e uscì rapidamente dalla veranda.

Jim ci rimase molto male. Cosa gli aveva fatto perché si comportasse così? Non era colpa sua se Markus era venuto a cercarlo. E poi lo credeva davvero capace di passare da un uomo all'altro per il solo gusto del gioco, dell'avventura? Ma per chi lo aveva preso?

I colpi, intanto, continuavano sempre più forti. Mettendo da parte l'amarezza che il comportamento di Steven gli aveva provocato, Jim si diresse verso la porta d'ingresso, per aprirla prima che Markus decidesse di sfondarla.

«Sei qui, dunque!» esclamò Markus non appena lo vide, facendo visibili sforzi per dominare l'ira.

«Sì, e allora?» rispose Jim freddamente.

Quell'atteggiamento lasciò Markus disorientato per qualche istante. «Come sarebbe a dire *e allora*?» proruppe infine. «Hai fatto prendere un bello spavento a tutti quanti e a me in particolare! E mentre noi ci preoccupavamo,» aggiunse astiosamente, «tu eri qui a...»

«Come ti permetti?» lo interruppe Jim, furibondo. «Mi pare di averti fatto capire abbastanza chiaramente che quello che faccio, d'ora in poi, riguarda esclusivamente me!»

Markus lo fissò interdetto e per alcuni istanti non riuscì a proferire parola. «Ah, è così?» gridò infine. «Allora io non conto proprio più niente per te? Tutta colpa di quel maledettissimo astronomo,» continuò sempre più irritato.

«Cerca di stare calmo, Markus,» lo apostrofò gelidamente Jim. «Non vorrai ripetere la scenata dell'altro giorno! Non credo che lo sopporterei.»

A quelle parole, Markus si calmò improvvisamente, visibilmente imbarazzato.

«Scusami,» gli disse, «mi sono lasciato trascinare. Ma è proprio vero che non conto più nulla per te?»

Sembrava così affranto che Jim ne ebbe compassione, in fondo Markus non aveva poi tutti i torti.

«Senti, Markus,» gli disse, cercando le parole adatte per non ferirlo più di quanto era costretto a fare, «ti ho spiegato come stanno le cose per me. Inoltre,» continuò, «il fatto di avermi trovato qui non deve per forza significare quello che pensi tu.»

Ma quelle parole suonarono false alle sue stesse orecchie e Jim si interruppe bruscamente.

Markus lo fissò per alcuni istanti senza parlare, poi proruppe: «Non c'è bisogno di pensarlo! È fin troppo evidente dal tuo aspetto, è inutile fingere con me!» Era chiaro che, per quanti sforzi facesse, Markus non riusciva a trattenersi.

«Pensa pure quello che vuoi!» esclamò allora Jim, esasperato. «Quello che faccio io o quello che fa Steven comunque non ti riguarda.

«Quella specie di...» cominciò Markus ironicamente, ma si interruppe subito.

«Sta parlando di me?» Steven era apparso alle spalle di Jim e lo fissava gelidamente.

Markus tacque per alcuni istanti, ma poi si riprese. «Sì, parlo proprio di lei! Di lei che porta via i ragazzi agli altri,» esplose.

Prima che Steven potesse rispondere, Jim intervenne: «Io non sono una tua proprietà, » esclamò furibondo, «di cui puoi disporre come vuoi! Io sono una persona e le scelte, se permetti, le faccio da solo!»

«Jim ha ragione,» commentò Steven, «quindi non vedo proprio cosa voglia da me.»

Markus era diventato paonazzo.

«Ah no, eh? Prima mi ruba il ragazzo, ci passa la notte insieme e poi si comporta come se nulla fosse...» Markus era ormai incapace di controllarsi, tutto il risentimento che provava nei confronti di Steven traspariva chiaramente dalle sue parole.

«Mi pare,» ribatté Steven imperturbabile, «che Jim sia stato chiaro: le sue scelte le fa da solo. E in questo caso,» aggiunse con sarcasmo, «mi pare ovvio chi abbia scelto...»

Markus, a quelle parole, fece un balzo in avanti, pronto a colpirlo, ma Jim lo fermò prontamente.

«Basta!» gridò disgustato, «smettetela tutti e due! Non voglio sentire una parola di più!»

Quindi si allontanò lungo il sentiero.

Markus esitò un attimo e lo seguì, senza più rivolgere la parola a Steven. Questi, in silenzio, li osservò allontanarsi e rientrò nell'osservatorio.

Quando Jim raggiunse il campo, Alvin gli si fece incontro.

«Jim,» esclamò con un'aria a metà tra il sollievo e il preoccupato. «Ma cosa ti è successo? Dove sei stato?»

Anche Florian e Lennie lo raggiunsero mostrando sul viso gli stessi segni di preoccupazione di Alvin.

Quella manifestazione di affetto commosse Jim, che raccontò loro quanto era successo, ovviamente omettendo i particolari della notte trascorsa all'osservatorio.

Markus, intanto, li aveva raggiunti e ascoltava anche lui in silenzio, le spiegazioni di Jim.

«Santo cielo!» esclamò infine Alvin. «L'hai scampata bella, Jim. Menomale che è intervenuto Steven.» Alvin aveva provato una viva antipatia nei confronti di Steven, dopo il loro primo incontro un po' burrascoso, ma il fatto che avesse così coraggiosamente salvato il nipote lo riabilitava in parte ai suoi occhi.

«Sì, sono stato fortunato,» rispose Jim, «ora l'incidente è chiuso, non parliamone più,» aggiunse con decisione. Tutti si erano accorti dello sforzo che gli era costato raccontare quella terribile avventura, quindi nessuno insistette. «Voi, piuttosto,» riprese, «raccontatemi le vostre novità. È successo qualcosa mentre io non c'ero?»

Alvin assunse un'aria preoccupata. «La situazione è peggiorata, Jim,» gli disse con un sospiro. «I nostri rilevamenti mostrano un ulteriore aumento della temperatura e della pressione del vulcano,» commentò. «I diagrammi del sismografo in queste ultime ventiquattr'ore sono molto allarmanti.»

«E allora? Cosa dobbiamo fare?» chiese Jim preoccupato.

Conosceva bene lo zio e sapeva che parlava sempre con cognizione di causa, quindi le sue parole non contenevano senz'altro nessuna esagerazione sulla pericolosità della situazione. L'atteggiamento degli altri gli confermava poi in pieno le parole di Alvin.

«C'è un'alta percentuale di probabilità che si verifichi un'eruzione,» intervenne Lennie.

«Ma quando?» chiese ancora Jim. «Tra quanto tempo?»

«Questo non possiamo saperlo,» riprese Alvin, «ma con dei valori così alti, a meno che non si modifichino, i tempi non dovrebbero essere lunghi.»

«Cosa pensate di fare?» domandò ancora Jim.

«La prima cosa da fare è avvertire del pericolo imminente gli uomini della base militare e il signor Stuart,» rispose Alvin, «devono conoscere anche loro la gravità della situazione e prepararsi a una eventuale evacuazione dell'isola,» concluse.

«E poi?» interloquì Markus. «Cosa restiamo a fare qui? Perché non ce ne andiamo subito?»

Quelle parole adirarono Jim. Come poteva parlare così? Come poteva essere tanto egoista?

«Non c'è fretta, Markus,» rispose Alvin, «Dobbiamo fare le cose per bene e provvedere affinché tutti gli abitanti dell'isola vengano avvertiti e possano mettersi al sicuro.»

«E intanto noi resteremo sepolti sotto una colata di lava,» ribatté cupamente Markus.»

«Smettila, Markus!» proruppe Jim. «Smettila di pensare sempre e soltanto a te stesso! Lo vuoi capire o no che c'è di mezzo la vita di altre persone?»

«Già, e soprattutto quella di un certo Steven Stuart,» commentò lui acidamente.

«Sì, proprio la sua!» gli gridò Jim furioso. «E se permetti, è importante quanto la tua!»

«Non è il caso di discutere,» intervenne Alvin, «mi sembra chiaro che noi non ce ne andremo finché l'evacuazione non sarà organizzata. É inutile però litigare fra noi, cerchiamo invece di fare qualcosa di utile,» concluse, cercando di ripotare gli altri alla calma.

Jim e Markus tacquero entrambi, guardandosi in cagnesco.

«Dunque,» riprese Alvin, «qualcuno di noi deve recarsi alla base e all'osservatorio per avvertire quelle persone. Lennie,» disse rivolto all'amico, «puoi andare tu con Florian. Noi tre,» continuò, indicando Jim e Markus, resteremo qui a organizzare la partenza.

A quelle parole, Jim provò una stretta al cuore: partire, dovevano partire, e Steven? Sarebbe partito anche lui? E dove sarebbe andato? Desiderava vederlo, parlargli, ma in quel momento non era possibile.

«Coraggio, Jim,» lo esortò lo zio, «dammi una mano a sistemare queste apparecchiature, non abbiamo tempo da perdere.»

Pur in preda a una dolorosa angoscia, Jim obbedì pensando che in fondo il lavoro l'avrebbe aiutato a distrarsi dal suo pensiero fisso.

Dopo circa un paio d'ore, Florian e Lennie erano di ritorno. Avevano tutti e due una espressione contrariata, Alvin e Jim andarono loro incontro.

«Cosa è successo?» chiese il vulcanologo. «Perché avete quelle facce?»

«È successo,» disse Florian, «che i militari della base e il professor Stuart non vogliono sentire ragioni. Dicono,» continuò, «che per abbandonare l'isola devono ricevere ordini dai loro superiori e che finché le autorità non saranno messe al corrente di quello che può accadere, non se ne andranno.»

«Ma hai spiegato bene la situazione?» domandò Alvin. «Hai detto che tutti i nostri rilevamenti parlano chiaro e che il rischio di un'eruzione non è solo probabile, ma direi prossima?»

«Certo che l'ho detto! » esclamò Florian. «Ma mi hanno trattato con una certa sufficienza, lasciandomi intendere che loro hanno ben altri problemi di cui occuparsi! E comunque non ricevono ordini da noi.»

«Voglio proprio vedere cosa faranno se ci sarà l'eruzione,» borbottò Alvin.

Anche Jim era preoccupato, l'immagine di Steven travolto da un fiume di lava gli attraversò la mente, procurandogli delle fitte d'angoscia. Ma cosa poteva fare lui?

«Bisognerà prendere dei provvedimenti,» stava dicendo Alvin, «non possiamo rischiare che questa gente testarda resti sull'isola e si faccia travolgere dall'eruzione. Dobbiamo, in un modo o nell'altro, obbligarli a partire con noi.»

Ma Jim non udì il resto del discorso, di nuovo perso nei suoi pensieri.

Cosa stava succedendo alla base di tanto grave da indurre gli occupanti a sottovalutare la possibilità di un'eruzione? Cosa c'entrava Steven con quello che stava accadendo? Era davvero una spia? Quei dubbi lo tormentarono nuovamente. Non voleva, anzi non poteva credere che Steven, l'uomo che tanto amava, fosse un criminale. Ma come spiegarsi il silenzio che cadeva fra loro ogni volta che gli chiedeva delle spiegazioni sul perché si trovasse sull'isola? La vita di Steven sembrava avvolta da una cortina di mistero. Dal suo comportamento pareva che fosse implicato in chissà quali strane macchinazioni.

Come poteva amare un uomo dalla doppia personalità, un uomo che continuava a nascondergli la verità?

Decise di dover far luce su quella faccenda. Ripensò alla barca che aveva notato il giorno in cui aveva scoperto l'uomo vicino alla rete di delimitazione della base militare. Con una scusa si allontanò dal campo per indagare e cercare di trovare il bandolo di quell'intrigata matassa.

Camminò a lungo e, giunto in prossimità della baia, si fermò. Aveva finalmente trovato un posto nascosto dal quale poter osservare tranquillamente la barca sospetta senza essere visto.

Tirò fuori il binocolo che aveva portato con sé e mise a fuoco la barca. Sul ponte non c'era nessuno, ma guardando meglio notò una grossa antenna che spuntava dietro la cabina di pilotaggio. Doveva essere l'antenna radio, pensò Jim facendosi più attento. Poi un lampo, un ricordo: dove aveva visto una ricetrasmittente? Cercò di sforzarsi e di colpo ricordò: a casa di Steven, la mattina al suo risveglio.

Un'angoscia indescrivibile lo invase. Quella poteva essere la prova che Steven era implicato in un intrigo internazionale. Improvvisamente, mentre continuava a tenere sotto controllo la barca, un uomo uscì dalla cabina. Aveva in mano delle bandierine di segnalazione e poco dopo iniziò a trasmettere un messaggio in codice verso la riva.

A chi starà segnalando? si chiese Jim, mentre, senza riuscirvi, cercava di decifrare il messaggio. Era così preso da quanto vedeva che non udì il fruscio alle sue spalle e lanciò un grido soffocato quando qualcuno lo afferrò per un braccio, stringendolo fino a fargli male.

«Cosa fai qui?» l'assalì Steven. «Cosa stavi guardando con quel binocolo?»

Jim lo osservò terrorizzato, allora era vero, quell'uomo stava comunicando con Steven.

«Non ti avevo detto di non immischiarti in faccende che non ti riguardano?» L'ira alterava i lineamenti di Steven, che lo scrollava come se fosse un fantoccio. «Se ti ho detto di non occupartene,» continuò lui furioso, «è perché con queste sciocche bambinate non fai che complicarmi le cose! Smettila di giocare all'investigatore se non vuoi passare un brutto guaio.»

Jim lo fissò senza parlare, spaventato da quelle minacce. Si sentiva in pericolo, possibile che Steven potesse fargli del male? Iniziò a tremare per la reazione nervosa.

«Scusami, non volevo,» balbettò con voce rotta, ma non riuscì a continuare perché le lacrime gli inondarono il viso.

Steven vedendolo in quello stato, addolcì il tono. «Non devi aver paura,» gli disse, «non voglio farti del male. Non devi aver paura di me.» Ma appena cercò di abbracciarlo, Jim si divincolò terrorizzato. «Scusami,» riprese Steven, «se sono stato così brusco è perché ho paura per te, per la tua incolumità.

Al suono di quella voce, così calda e così dolce, Jim scoppiò in un pianto disperato. Chi era quella persona che aveva davanti?

Steven gli si avvicinò cautamente e lo attirò a sé, poi con dolcezza cercò le sue labbra.

«Tesoro,» gli sussurrò teneramente, «devi fidarti di me anche se non posso spiegarti cosa sta succedendo…»

Ma Jim, udendo quelle parole, fu nuovamente assalito dai dubbi e dalla paura.

«Fidarmi!» esclamò con voce stridula. «E perché dovrei fidarmi di te quado sei il primo a non darmene motivo? Lasciami stare,» riprese, cercando di staccarsi da lui che continuava a tenerlo stretto a sé.

«Stai zitto, non parlare,» ribatté Steven duramente. Poi gli impose un bacio crudele sulle labbra frementi. «È il più debole che deve gettare le armi,» riprese senza lasciarlo andare «e io, dopo averti conquistato, ho il dovere di difenderti dai pericoli, ed è questo che tu devi capire,» continuò guardandolo intensamente negli occhi. «Fra noi, è chiaro, ci sarà sempre da lottare, ma prima o poi qualcuno dovrà pur cedere. Stai pur certo,» concluse stringendolo sempre più forte, «che quel qualcuno non sarò io!»

«Basta,» ansimò Jim, martellandogli il petto con i pugni. «Basta, lasciami andare, mi fai paura,» continuò, «tu non mi ami, la tua è solo volontà di dominarmi, ma non riuscirai a sopraffarmi!»

E così dicendo si strappò all'abbraccio e fuggì via, allontanandosi da quell'uomo che sapeva solo farlo soffrire atrocemente.

Capitolo 11

Erano passati pochi giorni e, dopo un momentaneo abbassamento dei valori, i dati registrati dal sismografo rivelarono un nuovo pericoloso aumento di pressione e temperatura. La situazione stava precipitando.

Quella mattina Lennie, Alvin e Florian stavano controllando gli ultimi e allarmanti dati.

«L'eruzione è ormai prossima,» disse Alvin, scuro in volto, «voi che ne dite?» chiese agli altri con aria preoccupata.

«Hai ragione,» rispose Lennie, controllando per l'ennesima volta i diagrammi del sismografo, «ma come possiamo essere certi che la situazione precipiterà da un momento all'altro?»

«Lennie, ma cosa diavolo dici?» sbottò Florian, strappandogli di mano i fogli. «E questi cosa sono per te, fantasie? Sai benissimo che non succede quasi mai di registrare valori così alti senza che non accada qualcosa! Non ti rendi conto,» continuò alzando la voce, «che è nostro dovere, a questo punto, fare evacuare l'isola? Se non agissimo in questo senso, saremmo responsabili di un eventuale disastro.»

«Ma...» riprese Lennie.

«Nessun ma, Lennie,» lo interruppe Alvin, cercando di riportare la discussione su toni più pacati, «anche secondo me l'unica cosa da fare è avvertire di nuovo la base militare di quello che ormai può succedere da un momento all'altro. Se non ci daranno ascolto,» concluse, «prenderemo delle ulteriori decisioni.» I due colleghi assentirono senza più discutere. «Chi mi accompagna alla base?» chiese allora Alvin.

Lennie si offrì di andare con lui, mentre Florian sarebbe rimasto sul vulcano per rilevare nuovi dati.

Dopo essere giunti alla base militare, Alvin e Lennie cercarono inutilmente di parlare col professore Georges. Nonostante tentassero di far capire agli uomini di guardia che si trattava di un'emergenza, non ottennero il permesso di entrare.

«Niente da fare,» disse Alvin sospirando, dopo che gli fu opposto l'ennesimo rifiuto. «Sono come dei robot, si rifiutano di capire...»

«Del resto,» lo interruppe Lennie, «non possiamo neppure gettare il panico sull'isola. Dobbiamo trovare un'altra soluzione,» continuò mentre si avviavano di nuovo verso il campo.

«Certo, è strano,» riprese Alvin, «che non facciano entrare proprio nessuno. Sembra sia successo qualcosa...»

«Proviamo ad andare all'osservatorio,» propose Lennie. «Forse avremo più fortuna con il professor Stuart, lui almeno può entrare alla base…»

Si avviarono frettolosamente all'osservatorio ma, una volta giunti a destinazione, non trovarono nessuno. Di Steven Stuart non c'era traccia. Delusi dall'inutilità dei loro tentativi e stanchi per la lunga camminata, Lennie e Alvin decisero infine di tornare al campo.

Erano quasi arrivati quando videro Jim correre verso di loro.

«Zio, Lennie,» esclamò affannosamente. «Gli ultimi dati registrano un eccezionale aumento dei valori. Florian teme che il momento temuto sia arrivato.»

«Dov'è Florian?» chiese Alvin concitato.

«Sempre sul vulcano,» rispose Jim «continua a registrare i valori. L'attività si è fatta sempre più intensa. Florian dice che ormai potrebbe essere questione di ore. Ma voi,» continuò poi, «siete riusciti a convincere quelli della base del pericolo?»

«No,» rispose Lennie, «non siamo riusciti a parlare con il responsabile. Ci hanno assicurato che avrebbero riferito il nostro messaggio, ma niente di più.»

Alvin controllò i fogli con gli ultimi dati che gli aveva portato Jim.

«Lennie, Jim, chiamate la nostra base sulla terraferma. Devo parlare assolutamente con mio fratello, non c'è tempo da perdere. Bisogna sollecitare le autorità affinché ordinino immediatamente l'evacuazione dell'isola.»

Dopo molto tempo riuscirono finalmente a mettersi in contatto col padre di Jim che ottenne dalle autorità il permesso di far evacuare subito l'isola.

«Mi raccomando,» concluse Alvin, «avvisate voi la base, perché a noi è impossibile comunicare con loro. A presto,» aggiunse poi.

Al campo c'era un trambusto indescrivibile, tutti si davano da fare per imballare i materiali, in quanto entro quarantotto ore avrebbero dovuto abbandonare l'isola. Jim, mentre smontava la sua camera oscura, continuava a pensare a Steven e al loro ultimo incontro. Per quanto la notte passata all'osservatorio gli avesse rivelato la passione di Steven, non riusciva ad accettare il suo ambiguo comportamento. Inoltre, il loro incontro, quando Steven l'aveva scoperto a spiare la barca sospetta gli aveva fatto paura: nonostante l'altro continuasse a digli di fidarsi, c'erano troppe cose che gli sembravano stridere nel suo comportamento. Avevano diviso la calda intimità di un letto, eppure per lui quell'uomo era ancora uno sconosciuto. Ma questa volta non avrebbe permesso a Steven di scomparire di nuovo dalla sua vita senza dargli spiegazioni. Era convinto che molte risposte alle sue domande le avrebbe trovate sulla barca ancorata nella baia e decise ancora una volta di tornare là per scoprire qualcosa.

Il mare era calmo e il sole cominciava a tramontare quando si mise in cammino. Pensò di non avvisare i colleghi perché intendeva assentarsi per poco tempo e in un momento di maggiore confusione si allontanò senza essere visto.

Poco dopo mise in mare il gommone per raggiungere la baia situata dall'altra parte dell'isola.

Ancorò nelle vicinanze dell'imbarcazione sospetta convinto che il buio avrebbe impedito agli occupanti della barca di scorgerlo. Prese la muta e la indossò pronto a tuffarsi. Dopo essersi accertato che nessuno l'avesse notato si buttò in acqua portando con se una torcia.

Nuotò lentamente, tutti i rumori erano attutiti ma persino il lieve borbottio delle bollicine d'aria che risalivano a galla gli sembrava fortissimo. Aveva paura di ciò che avrebbe potuto scoprire, anche se era ben deciso a capire cosa stesse succedendo e cosa c'entrasse Steven in quella losca faccenda.

Sulle prime si trovò indeciso sul da farsi, poi pensò di verificare cosa aveva fatto l'uomo che aveva visto vicino alla rete e se veramente aveva manomesso la recinzione. Nuotò in quella direzione e, una volta avvicinatasi, scoprì uno squarcio tra le maglie.

Era chiaro che si trattava dell'opera dell'uomo e non della natura. Lo stava esaminando quando avvertì un leggero sciacquio, sembrava che qualcuno si stesse avvicinando. Spense subito la torcia e si allontanò dalla rete sperando di non essere visto. Un uomo si stava avvicinando dall'altra parte della delimitazione e avanzava lentamente illuminando il tratto di mare davanti a sé con una torcia.

Passò attraverso l'apertura e continuò a nuotare in direzione della barca. Jim convinto di non essere stato visto cominciò lentamente a seguirlo senza accendere la torcia. Quando l'uomo raggiunse la barca, si fermò. Voleva aspettare che fosse salito per poi avvicinarsi. Udì dei rumori e poi qualcosa che assomigliava a un tuffo e temette che l'avessero scoperto.

Ma non successe nulla, allora cominciò ad avvicinarsi lentamente alla barca, ma, improvvisamente, qualcuno lo colpì alle spalle e perse conoscenza.

Più tardi tornò in sé, indossava ancora la muta, ma aveva le mani e i piedi legati. Sulle prime non capì dove si trovasse, poi di colpo ricordò l'accaduto. Si rese conto di essere sulla barca, prigioniero di uomini sconosciuti.

Udì delle voci provenire dalla cabina vicino. «Ora cosa ne facciamo del prigioniero?» stava dicendo qualcuno.

«Non ne ho idea,» rispose un'altra voce. «Di certo non possiamo lasciarlo libero. È troppo pericoloso.»

«Chiudi la porta,» aggiunse un terzo, «non vorrei che sentisse. Dovremo eliminarlo...»

Le voci divennero più basse e Jim, non riuscì a sentire altro.

Mi sono cacciato in un bel guaio, pensò. Poi la paura ebbe il sopravvento e iniziò a urlare chiamando disperatamente aiuto nella speranza che qualcuno da riva riuscisse a sentirlo. Ma due uomini irruppero poco dopo nella cabina: «Stupido,» gli disse il più anziano, «vuoi smetterla di urlare?» continuò, tappandogli la bocca con una mano.

«Mark, prendi uno straccio, bisogna farlo star zitto,» disse rivolto al compagno.

«Non sarebbe meglio farlo fuori subito?» chiese questi guardandolo con disprezzo.

«Sì, e del cadavere cosa ne facciamo? No, dobbiamo andarcene e quando saremo al largo l'annegheremo,» riprese l'altro, «così sembrerà un incidente e noi saremo al sicuro.»

Jim si dibatteva, cercando di liberarsi, terrorizzato di discorsi dei due uomini. Non appena il malvivente gli tolse la mano dalla bocca, gli disse in tono supplichevole: «Vi prego. Non dirò nulla, lasciatemi libero…»

Ma l'uomo non l'ascoltava e prontamente gli chiuse la bocca con uno straccio.

«Possiamo tornare di là,» disse poi al complice, «per il momento non ci darà fastidio.»

Appena udì la porta chiudersi, Jim ricominciò a dibattersi per liberarsi.

Fece parecchi tentativi, quando infine vide una bottiglia sul mobiletto accanto, con una spinta la fece cadere e, con uno dei frammenti di vetro, tentò di tagliare le corde che gli stringevano i polsi.

Era quasi riuscito a liberarsi le mani, quando uno dei rapitori entrò nella cabina e scoprì cosa stava facendo.

«Ah, volevi fuggire!» esclamò in tono minaccioso, «Non contarci,» continuò, «ora dormirai per un bel po',» e, detto questo, lo colpì alla nuca con il calcio di una rivoltella. Fu un attimo, e Jim cadde svenuto sul pavimento.

Capitolo 12

Un gran disordine regnava la mattina dopo alla base militare nel momento in cui Steven vi giunse per parlare con Georges.

Era arrivato via radio l'ordine che bisognava evacuare la base e tutti erano in agitazione. Georges lo ricevette subito. Aveva un'aria tesa e preoccupata.

«Steven» gli disse senza preamboli, «la situazione è drammatica. Non solo ci è giunto l'ordine di lasciare l'isola per colpa di questo maledetto vulcano, ma, e non so cosa sia peggio a questo punto,» continuò, «sono scomparsi altri due documenti.»

«Quando è successo?» chiese Steven.

«Penso questa notte,» sospirò Georges, «me ne sono reso conto qualche ora fa. In mezzo a questo trambusto è ancora più difficile riuscire a raccapezzarci,» concluse scoraggiato.

«Cerca di non angosciarti, Shane,» gli disse Steven. «Ormai è questione di ore, poi questa faccenda sarà risolta. Credo proprio di sapere chi sono i colpevoli.»

«Davvero?» chiese Georges, «questo mi solleva molto, Steven. Con tutti questi guai non so più cosa pensare,» concluse, scuotendo il capo.

«Tu occupati di far evacuare la base,» riprese Steven. «Io penserò al resto.»

E si accomiatò dall'amico, ormai deciso a risolvere al più presto quella situazione.

Al campo dei geologi continuavano i preparativi per la partenza. Lennie e Florian stavano smontando le tende, Alvin si occupava dei delicati strumenti di misurazione.

«Markus, puoi darmi una mano?» gridò Alvin al giovane. «Vieni ad aiutarmi a mettere il materiale nelle casse che dobbiamo trasportare a bordo.»

Markus si avvicinò lentamente. Tutto quel trambusto lo innervosiva ancora di più ed erano due ore che cercava inutilmente Jim.

«Piano, piano, fa' attenzione,» continuò Alvin «è roba fragile. Ma che hai? Scompari per ore e poi non ti va di fare nulla. Ragazzo mio,» continuò con aria di rimprovero, «questa non mi pare proprio la vita per te, in un'equipe come la nostra c'è bisogno dell'aiuto di tutti e non ce la si può squagliare in momenti come questi.»

«Sì, non è la vita per me ma se ero scomparso,» rispose Markus incollerito, scandendo bene le parole, «è stato unicamente per cercare Jim.»

«Ma come!» esclamò Alvin perplesso. «Jim non è con te? Pensavo foste insieme,» concluse, rimettendosi a imballare gli strumenti.

«No, non è con me e non so proprio più dove cercarlo!»

Lo zio di Jim non diede segni di preoccupazione e continuò a lavorare tranquillo. «Sarà andato a fare un'ultima ripresa sott'acqua,» gli disse pacatamente. «Mi aveva parlato di alcune rocce particolarmente interessanti e, sapendo della nostra partenza, sarà andato a esaminarle.»

«È quello che ho pensato anch'io,» ribatté Markus, «ma ho fatto il giro di tutta l'isola e di Jim non c'è traccia da nessuna parte. Tranne che,» s'interruppe un attimo per riflettere, «ma certo, perché non ci ho pensato prima?» esclamò come fulminato da un lampo di genio.

«Tranne che cosa?» gli chiese Alvin, più per gentilezza che per altro.

«È sicuramente all'osservatorio, non ho dubbi.» E così dicendo Markus appoggiò a terra la cassa che aveva in mano e corse in quella direzione, senza dare ad Alvin il tempo di dirgli che Jim sicuramente non si trovava lì, perché lui stesso era tornato dall'osservatorio meno di un'ora prima.

Dopo una lunga corsa Markus arrivò all'osservatorio.

«Aprite, aprite!» urlò picchiando forte alla porta. «Aprite o spacco tutto!» continuò urlando sempre di più. La rabbia l'aveva trasformato, aveva il volto rosso dalla collera e gli occhi sbarrati. *Come aveva osato tanto?* continuava a pensare. Tradirlo così, davanti a tutti... Stava per dare una spallata contro la porta, quando questa venne aperta.

«Perché tutto questo baccano?» chiese freddamente Steven stagliandoglisi davanti. «Come si permette di venire a minacciarmi in casa mia? Cosa vuole?» Il tono con cui aveva parlato non presagiva niente di buono. I suoi occhi freddi come il ghiaccio, guardavano il ragazzo sulla soglia con malcelato disprezzo.

«Cosa voglio, mi chiede!» lo assalì Markus, punto su vivo. «Voglio Jim!»

Steven lo ascoltò in silenzio, il corpo in tensione: controllava a fatica il desiderio di spaccare la faccia a quel bellimbusto.

«Jim non c'è, perciò giri i tacchi e se ne vada prima che perda la pazienza,» ribatté adirato.

Markus non si lasciò intimidire. «Voglio Jim, so che è qui,» affermò spavaldo, mentre cercava di guardare oltre l'uscio.

«Innanzitutto qui non c'è nessuno,» riprese Steven gelidamente. «E in secondo luogo, anche se Jim fosse qui, questo a lei non dovrebbe interessare. Jim può andare dove vuole e con chi vuole,» continuò, «e non sarà certo lei a impedirgli di muoversi con le sue scenate assurde.»

«Come si permette!» urlò Markus. «Jim è il mio ragazzo e non permetterò a nessuno...»

Steven non gli fece finire la frase e gli tirò un pugno in pieno volto, facendolo ruzzolare a terra. Markus si rialzò e a sua volta attaccò Steven, che però si difese prontamente costringendolo alla resa con una mossa di judo.

«Vattene!» gli disse riassettandosi la camicia. «Vattene, è meglio per te. Stai alla larga da Jim,» concluse, mentre l'altro si rialzava faticosamente. Poi richiuse la porta in faccia a Markus, al quale non rimase altro che avviarsi sconfitto verso il campo.

Rientrato nell'osservatorio, Steven si stese sul divano per riflettere sulla situazione. Quella scazzottata con Markus gli aveva fatto bene, erano giorni che desiderava picchiarlo, senza una ragione precisa e lui, poco prima, gli aveva fornito una scusa eccellente. Si soffermò a pensare Jim. L'ultima volta che si erano visti lo aveva rimproverato di non amarlo, di desiderare solo il suo corpo. E poi gli aveva detto che aveva paura di lui. Ma come potergli spiegare che non era solo il desiderio fisico quello che lo spingeva verso Jim, come spiegargli che anni prima l'aveva lasciato perché era troppo giovane e fragile? Lo rivide davanti a sé come al loro ultimo incontro, combattuto tra l'amore e la sofferenza, gli occhi colmi di lacrime, il corpo teso nell'ansia che lo divorava. *No*, pensò Steven, lui non desiderava solo il suo corpo, voleva anche lui, il suo amore.

Era lui che voleva come compagno, ora lo sapeva. Jim, solo lui. Ma prima doveva ritrovare i documenti sottratti alla base militare.

Decise di andare direttamente sulla barca sospetta, era la sua ultima chance, soprattutto ora che non aveva più molto tempo a disposizione per le indagini.

In poco tempo raggiunse la baia dove era ancorata la barca e, dopo aver indossato la muta, si immerse. Si avvicinò cautamente allo scafo e a un tratto notò lo squarcio nella rete di delimitazione. Sempre più insospettito, si accostò per capire se fosse stato possibile al ladro passare per di là. Una volta vicino non ebbe più dubbi: lo squarcio era abbastanza grande da permettere il passaggio di un uomo. Steven tornò indietro avvicinandosi alla barca. Era giunta l'ora di affrontare faccia a faccia quegli sgraditi ospiti. Emerse con circospezione e riuscì facilmente a issarsi a bordo. Improvvisamente, udì delle voci che provenivano da una delle cabine.

«Ti avevo detto di prenderli tutti!» stava dicendo una voce.

«Sì, lo so, ma con tutta quella confusione devo essermi sbagliato,» rispose un altro uomo. «Comunque…»

«Comunque un bel niente!» esclamò la prima voce. «Senza il resto del progetto questi fogli sono carta straccia. Li devi prendere tutti!»

«Non preoccuparti,» rispose l'altro, «credo proprio che questa notte sarà possibile. Sono di nuovo di guardia. Ormai il sistema d'allarme è neutralizzato, anche se ho fatto in modo che dalla base sembri funzionare. Ci incontreremo al solito posto e avrai i tuoi documenti.»

Steven, a quel punto, non ebbe più dubbi sul da farsi. Ormai tutte le tessere di quel mosaico si stavano ricomponendo e non restava altro che catturare quegli uomini.

Silenziosamente estrasse la pistola che aveva portato con sé accuratamente avvolta in un involucro impermeabile. Si accostò cautamente alla porta della cabina dalla quale provenivano le voci. Aveva dalla sua il fattore sorpresa e sapeva che doveva sfruttarlo al massimo. Impugnata l'arma, aprì di scatto la porta e irruppe nella stanza.

«Non vi muovete!» intimò ai tre uomini. «Ormai siete in trappola. Il vostro lavoro può considerarsi concluso,» aggiunse freddamente. I malviventi non ebbero il tempo di reagire. «Finalmente ti ho scoperto, Robert Board,» disse Steven rivolto a uno dei tre, nel quale aveva riconosciuto uno degli uomini della base. «Quello che ancora non so è come hai fatto a far sparire i documenti. Ma di questo se ne occuperà la polizia,» concluse.

Poi, dopo averli legati ben stretti con una corda che aveva trovato a bordo, decise di iniziare la ricerca dei documenti rubati, visto che i tre uomini si rifiutavano di collaborare e lui non aveva tempo da perdere con loro. Stava frugando nella prima cabina quando udì dei lamenti soffocati attraverso la parete. A colpo sicuro si diresse nella cabina accanto pronto a tutto, ma quando aprì la porta si trovò di fronte Jim, disteso su un letto, legato e imbavagliato.

«Amore!» gli disse precipitandosi a liberarlo. «Amore, perché sei qui? Cosa è successo? Cosa ti hanno fatto quei maledetti?»

Jim, non appena fu libero, si gettò fra le sue braccia singhiozzando disperatamente. Lo strinse con forza a sé sussurrandogli parole di conforto. A poco a poco. Jim ritrovò la calma. Quella paura, quell'orribile paura si era finalmente dissolta.

Steven, mentre con una mano gli cingeva la vita e con l'altra gli accarezzava lievemente la schiena, si chinò per baciarlo e la pressione delle sue labbra si fece man mano più insistente. Jim emise un gemito di piacere arrendendosi a quel bacio. Stretto fra le sue braccia, non riusciva a pensare ad altro. Incoraggiato Steven riprese a baciarlo accarezzandogli possessivamente un capezzolo. Le sue labbra coprivano di baci il corpo di Jim, facendo cedere anche le sue ultime resistenze.

Jim avvertì il calore del suo respiro sulla guancia e il contatto così eccitante con quel corpo muscoloso gli svelò la prorompente virilità.

Lentamente gli accarezzo il petto, avvertendo quanto il suo tocco lieve e sensuale eccitasse Steven. Poi a poco a poco, si fece più ardito e lo aiutò a sfilarsi la muta. Si abbandonarono a un gioco sottile: un darsi per poi rifiutarsi, per poi infine cedere le armi, pronti a baciarsi, ad accarezzarsi, ad appartenersi…

Le loro bocche si sfiorarono e infine si unirono in un bacio appassionato. Fremendo di desiderio, Jim gli si fece sempre più vicino, coprendolo di baci e inarcandosi contro di lui.

«Amore,» gli sussurrò Steven e lui, per tutta risposta, lo strinse ancor più a sé, consapevole che ogni bacio, ogni carezza non faceva che accrescere il desiderio di entrambi.

«Che fai?» chiese Steven guardandolo.

«Mi sto spogliando,» fu la risposta di Jim. Mentre i pantaloni scivolavano a terra lungo le sue gambe, avanzò di un passo, deglutendo e non riuscendo a distogliere gli occhi dal suo corpo eccitante.

«Questo lo vedo,» ma a dispetto di ciò che disse allungò la mano verso il suo petto, sfiorandogli i capezzoli con le dita.

Li sentì già turgidi e non potendo resistere a quella tentazione, Steven si piegò per prenderne uno tra le labbra. Sentì la mano di Jim posarsi sulla nuca e spingerlo ancora più vicino, mentre cominciava a leccarlo, imprimendosi sulla lingua il suo sapore.

Steven allontanò il viso per guardarlo, il capezzolo gli sembrava così eccitante che gli venne voglia di mangiarlo. Lo prese per i capelli e Steven capì che il ragazzo stava godendo.

Steven si spostò sull'altro capezzolo, lo mordicchiò, per poi giocarci con la lingua come se fosse una caramella. Nel frattempo prese a vagare sul corpo di Jim completamente nudo se non per il costume.

Saggiò i suoi muscoli, percepì ogni tratto della sua pelle, così morbida e liscia al suo tocco.

Steven esalò un profondo respiro, assorbendo l'odore di Jim e facendolo suo, mentre leccava quel bottoncino roseo e lo tirava piano con i denti.

Jim ansimò leggermente, poi allentò la presa dei suoi capelli per sollevargli il viso e guardarlo negli occhi. Steven lo spinse contro parete, circondandolo con il suo corpo, socchiuse le labbra per far sì che la sua lingua potesse farsi strada nella bocca di Jim e incontrare la sua.

Lottarono furiosamente per il predominio, entrambi desiderosi di esplorare ogni angolo, si assaggiarono come animali affamati.

Si staccarono ancora, a corto di fiato, per riprendere a baciarsi un istante dopo, con la stessa passione di prima, come se fosse l'ultima volta che potevano farlo.

Completamente affamati e stanchi da quella lotta di bocche, con le labbra gonfie e rosse, si separarono, e iniziarono a palparsi spudoratamente dappertutto.

Jim era quasi nudo, le sue mani saggiavano la pelle di Steven senza incontrare alcuno ostacolo, insistendo in alcuni punti che lo facevano ansimare più violentemente.

Steven era ancora vestito, ma le dita gelide di Jim si infilarono sotto la muta procurandogli dei brividi lungo la spina dorsale e delle scariche di eccitazione dirette al suo cazzo.

Jim lo guardò con quello strano sorrisetto malizioso che gli fece venire voglia di strappargli le labbra a suon di morsi, così famelico Steven gli infilò una mano nel costume palpando il suo membro duro.

Jim si lasciò sfuggire un ansito, soffiando dritto in faccia a Steven il suo fiato caldo. A quel punto sogghignò anche lui, afferrando tra le dita la sua erezione.

Iniziò a masturbarlo, fissando il suo viso contrarsi dal piacere, osservando come un maniaco ogni gocciolina di sudore sulla sua pelle e desiderando di leccarlo dappertutto.

La mano di Steven si muoveva veloce, era così grosso e duro che non sarebbe potuto resistere a lungo.

Jim lo guardò con gli occhi velati dal piacere e decise di ripagarlo con la stessa moneta, infilando una mano nei suoi pantaloni e afferrando il suo cazzo ansioso di ricevere il piacere.

Steven mugolò forte, il suo cazzo era molto sensibile al tocco della mano di Jim, sarebbero venuti presto, erano troppo eccitati per durare.

Bastarono pochi movimenti decisi per fargli raggiungere l'orgasmo, facendogli sfuggire un lungo gemito, e poco dopo Jim lo seguì venendogli nella mano.

Rimasero l'uno addosso all'altro per qualche istante, bagnati e sudati, cercando di riprendere fiato e il controllo del loro corpo.

Steven si allontanò un poco da lui, ma lo tenne stretto per i fianchi e lo condusse al centro della cabina.

Gli sfiorò le labbra, erano il suo punto debole, avrebbe voluto baciarlo per sempre perché non ne aveva mai abbastanza, non riusciva a saziarsi. Jim gli sorrise prima di unirle con le sue e questa volta si baciarono lentamente, con meno foga, per assaporarsi meglio.

Jim lasciò scivolare l'ultimo indumento rimasto a nascondere la sua eccitazione, e iniziò a spogliare Steven, aiutandolo con le sue mani esperte. Tra un bacio e l'altro fu un'impresa togliere la muta, ma alla fine tutti i vestiti di Steven furono a terra, dimentichi.

Scivolarono in ginocchio sul tappeto, abbracciati.

«Tutto bene?» riuscì Steven a chiedergli soffiando sulle sue labbra, ormai erano completamenti svestiti e i loro corpi combaciavano.

Steven si strusciò su Jim in risposta e passò a mordicchiargli il collo arrossendogli la pelle. Voleva lasciargli un segno, il segno che fosse stato suo e nessuno avrebbe dovuto toccarlo a parte lui.

I suoi stessi pensieri di possessione lo spaventarono, ma li sentiva vividi dentro la sua testa, ed era sicuro di perdere la ragione se l'avesse visto di nuovo con un altro uomo.

Jim si liberò dalla sua presa possessiva solo per abbandonarsi completamente sul tappeto, con uno sguardo di desiderio sul viso.

Steven lo guardò dall'alto in basso, con un misto di eccitazione e aspettativa di ciò che sapeva stava per accadere. Il suo membro era nuovamente duro, così come quello Jim.

Si piegò su di lui, sistemandosi in mezzo alle sue gambe divaricate, come un felino affamato.

Avvicinò l'indice sulla bocca perché voleva che fosse la sua lingua a bagnarlo di saliva. Jim socchiuse la bocca, permettendo al suo dito di entrare in quell'antro caldo e umido, e cominciò a succhiarglielo, guardandolo negli occhi.

A Jim sfuggì un gemito, gli piaceva quello che gli stava facendo, ma voleva molto di più di una semplice leccata. Steven, ritirò il dito e lasciò scivolare le sue mani su quel corpo infuocato, dalle gambe, fino ad arrivare al sedere.

Jim sollevò maggiormente il bacino, piegando le ginocchia e divaricando le gambe.

Steven introdusse un altro dito umido nella stretta apertura, spingendolo dentro lentamente. Jim non fece una piega, anzi rilassò i muscoli per facilitare l'ingresso del secondo dito.

Steven cominciò a prepararlo ruotando le dita e separandole a forbice, provocandogli dei gemiti sommessi. Ne introdusse un terzo, a quel punto lo sentì respirare affannosamente.

Puntò i suoi occhi in quelli di Jim chiedendogli con lo sguardo se era pronto, perché stava morendo dalla voglia di entrare in lui con tutto se stesso, e ritirò lentamente le dita.

Jim si limitò a sorridere, muovendo il bacino con il chiaro intento di provocare Steven.

Steven non resistendo più strusciò il suo membro contro l'apertura, e sentendolo gemere non si trattenne più.

«Entra,» Jim soffiò ansimando di frustrazione, sporgendo il suo sedere e offrendoglielo senza riserve.

Il sudore imperlava il viso di Steven. Sentiva i battiti del suo cuore nelle orecchie a causa dell'agitazione e dell'ansia di volerlo fare tutto d'un colpo. Desiderava spingersi dentro con foga ma non poteva, doveva fare piano e trattenersi, anche se gli costava troppo.

Lo mantenne fermo per i fianchi, e piano piano cominciò a entrare e in quel momento il piacere pervase i suoi sensi.

Jim gemette, forse di dolore, così Steven cercò di non muoversi, sentendo i suoi muscoli stringersi attorno al suo membro.

Era così stretto e caldo, gli morse le labbra per non ritirarsi e affondare nuovamente con maggior potenza. Steven si piegò sul suo viso, offrendogli la sua bocca e lentamente si baciarono mescolando le loro salive.

La mano di Steven andò a stimolare il suo membro, cominciando a pomparlo al ritmo dei loro baci e quando sentì le gambe di Jim stringersi intorno al suo bacino, capì che poteva muoversi.

«Vai…» gli confermò Jim con un soffio sulle labbra, strappandogli un gemito di piacere. La sua voce era così sensuale, che poteva venire solo sentendolo parlare.

Uscì dal suo corpo lentamente per poi affondare dentro con maggiore potenza, una volta, due volte. Il sudore imperlava i loro corpi, si abbassò per baciarlo sulle labbra e smorzare i suoi ansimi di goduria che diventavano sempre più affannati.

Steven era in estasi, completamente avvolto in una nuvola di piacere e passione. La sua mano aveva preso lo stesso ritmo di come lo scopava, sentiva la punta del suo membro già bagnata.

«Ti piace?» ansimò Steven, staccandosi dalla bocca, guardandolo con gli occhi appannati dal piacere e notando che era nelle sue stesse condizioni.

«Più... Forte,» fu la risposta rauca di Jim che gli fece girare la testa, e lo accontentò con una spinta energica che gli procurò interminabili brividi di piacere lungo tutto il corpo.

Uscì ancora da lui, ma quando rientrò si fermò, afferrandolo per le braccia e lasciandolo sconcertato. Avvicinò la bocca al suo orecchio sussurrandogli che voleva continuare sul letto, e Jim acconsentì con un sorriso seducente.

Jim si aggrappò alle sue spalle, e con forza lo tirò avvinghiato a lui, le gambe intorno al suo bacino e il membro di Steven ancora piantato dentro di lui.

Lo condusse sul letto e continuò a scoparlo con foga.

I suoi gemiti diventarono più forti, i suoi occhi lacrimavano, ma Steven sapeva che Jim stava godendo, i suoi muscoli si stringevano attorno al suo membro mandandolo in estasi.

«Sei così grosso...» sospirò con affanno Jim, gongolando interiormente.

Steven gli sorrise con calore, afferrando di nuovo il suo membro e cominciando ad andare su e giù per procurargli maggior piacere.

L'orgasmo era ormai inevitabile, ad un certo punto Jim affondò i denti nella sua spalla lasciandoci i segni, mentre veniva forte nella sua mano.

I muscoli del corpo di Steven si contrassero, spingendolo completamente al limite, così con un ultimo colpo finale gli esplose dentro, inondandolo con il suo seme.

Steven si accasciò su Jim, stremato dall'amplesso intenso e da tutte le emozioni che aveva provato.

Il suo cuore batteva ancora a mille, ma mai si era sentito così bene come in quel momento.

Jim era stato suo, gli apparteneva, come lui apparteneva a Jim. Steven era dannatamente felice.

Cullati dal dolce ondeggiare della barca, si amarono, giungendo a un'estasi mai provata.

Poi, una volta emerso dal vortice dei sensi, Jim, rannicchiandosi tra le braccia di Steven, gli chiese: «Steven amore… Come mai sei qui? Come hai fatto a trovarmi?»

Lui ebbe un attimo di esitazione, era giunto il momento della spiegazione. Ora finalmente poteva dirgli la verità.

«Chi sono gli uomini che mi hanno rapito?» incalzò Jim.

«Degli agenti di un governo straniero,» rispose Steven guardandolo negli occhi. «Il mio compito era trovare la spia che sottraeva degli importanti documenti dalla base militare,» gli spiegò, poi continuò: «È questo il mio lavoro, faccio parte di un corpo speciale del controspionaggio. È un lavoro rischioso, non ho mai tregua. Parto improvvisamente in missione e sto via per dei mesi,» continuò cercando di fargli comprendere perché aveva sempre tentato di tenerlo così distante da sé. «E oltre a ciò, capirai che non posso mai essere sicuro di tornare. È per questo che quando ci siamo conosciuti sono scomparso senza una parola... Pensavo che per te sarebbe stato più facile dimenticarmi. In fondo non ti avevo fatto nessuna promessa, eri troppo piccolo e fragile,» concluse sorridendo.

Jim lo aveva ascoltato attentamente e non poté non considerare in tono amaro: «Tre anni fa, secondo te, ero troppo ingenuo per poter capire, per poterti stare vicino? Ma oggi, che scusanti hai? Oggi,» continuò, «non sono più un bambino, sono un uomo. Un uomo al quale avresti potuto dire subito la verità.» Parlando, Jim si era alzato dal letto e iniziò a infilarsi velocemente la muta.

«Ma Jim,» lo interruppe Steven, cercando di farlo ragionare: «Jim, cerca di capire... Se non te ne ho parlato è perché volevo proteggerti, volevo tenerti lontano da questo sporco affare. Non è stata mancanza di fiducia nei tuoi confronti,» aggiunse con forza.

«No?» sbottò Jim. «Tenermi al di fuori di questo sporco affare, proteggermi... Ma per chi mi hai preso, Steven? Forse per un bambino che va tenuto sotto una campana di vetro? No, caro Steven, hai capito ben poco di me. Per non dire che non hai capito niente. Io non sono un pupazzo da mettere sul letto come un bel giocattolo. Sono un uomo che vuole, anzi che pretende di essere trattato da pari a pari! Non ho paura del pericolo: sono pronto ad affrontarlo! E l'uomo che mi sta accanto,» concluse, «se ne dovrà tenere conto.»

«Ma questo che c'entra con quello che dicevamo?» lo interruppe Steven, contrariato da quei discorsi.

«Mi rendo conto che non vuoi capire,» disse Jim alzando le spalle e cercando di mostrarsi indifferente alle parole di lui, mentre sentiva crescere dentro di sé un'angoscia inarrestabile.

«Jim,» riprese Steven», «Jim, come posso farti capire che non si è trattato di mancanza di fiducia?»

Ma lui era già corso fuori dalla cabina. Non poteva più guardarlo... L'angoscia si stava tramutando in dolore e non voleva dargli, per l'ennesima volta, la soddisfazione di vederlo piangere.

Appena uscito sul ponte, si preparò a tuffarsi e a raggiungere la riva. Sentì la voce di Steven che continuava a chiamarlo.

«Jim... Jim... Dove vai? Sei impazzito? Cosa vuoi fare?»

Ma Jim non lo ascoltava più. Aveva infilato velocemente le pinne e un attimo dopo era già in acqua. La cosa più importante per lui, in quel momento, era allontanarsi da Steven. Da Steven che, ancora una volta, l'aveva tradito.

Steven corse sul ponte e lo vide tuffarsi in acqua. Cercò di fermarlo ma il ragazzo, testardo come sempre, lo ignorò.

Il suo primo istinto fu quello di tuffarsi e di seguirlo ma poi il senso del dovere ebbe il sopravvento. Improvvisamente si ricordò del perché si trovava su quella barca e scese nelle cabine per cercare i documenti rubati.

In fondo, pensò, con Jim avrebbe chiarito tutto in seguito…

Dopo un'accurata ricerca riuscì a trovare quello che cercava. I documenti erano in una busta all'interno di un cassetto chiuso a chiave. Steven si diresse immediatamente verso la radio della barca per mettersi in contatto con Georges e annunciargli il buon esito dell'impresa.

«Pronto… Pronto… Devo parlare con il professor Georges,» disse al microfono.

«Sono io, Steven,» rispose il professore. «Cosa è successo? Da dove chiami?»

«Tutto bene,» rispose Steven. «Sono sulla barca sospetta. Operazione riuscita. Ho i documenti. Mandami degli uomini, ho qui tre spie legate e imbavagliate. Tutto bene sull'isola?» chiese poi all'amico.

«Sì, tutto bene,» rispose Georges. «L'evacuazione procede, tra poche ore questa maledetta isola sarà disabitata. Ero solo in pensiero per te e per i documenti, ma ora che so che anche questo problema è risolto mi sento meglio,» concluse evidentemente sollevato.

«A fra poco, Steven. Ti mando subito un paio di uomini.»

Nel frattempo, Jim era giunto a riva, esausto dopo una lunga nuotata. Dopo un attimo di sosta si rimise in cammino verso il campo. Non capiva bene neppure lui perché fosse scappato, si era sentito ingannato, tradito, ma a mente fredda si rense conto che effettivamente Steven non aveva avuto altre alternative. Era stato troppo precipitoso ad andarsene così, senza dare spiegazioni.

Una violenta scossa sul terreno interruppe bruscamente i suoi pensieri. Il vulcano! Jim alzò gli occhi e vide un pennacchio di fumo nero e denso uscire dal cratere: l'eruzione era cominciata. Altre scosse seguirono la prima e lui, preso dal panico, cominciò a correre.

Quando raggiunse il campo regnava ovunque una gran confusione.

«Jim!» gli gridò Alvin correndogli incontro. «Finalmente! Cosa ti è successo? Dov'eri finito?» Ma una scossa più violenta delle precedenti gli impedì di continuare.

Florian, Lennie e Markus lo circondarono.

«Dobbiamo andar via!» esclamò Markus terrorizzato. «Altrimenti finiremo tutti sepolti dalla lava!» Aveva gli occhi dilatati dal terrore e le mani gli tremavano leggermente.

«Non lasciamoci prendere dal panico!» esclamò allora Alvin con decisione. «Non farebbe che peggiorare la situazione. Tra pochi istanti,» aggiunse, «ci imbarcheremo e saremo al sicuro.»

Un tremendo boato coprì le sue ultime parole. La massa incandescente e fluida che ribolliva sotto il vulcano aveva ormai trovato la via d'uscita attraverso il cratere.

Tutti e quattro rimasero, loro malgrado, a fissare affascinati quello spettacolo di tremenda bellezza. Il fiume di lava si aprì un varco attraverso la boscaglia, travolgendo tutto ciò che si trovava nel suo cammino e terminando poi in mare. Dall'acqua si alzavano densi vapori che creavano un effetto apocalittico. Sembrava di trovarsi alle soglie dell'inferno, di un inferno pronto a inghiottire tutto il mondo circostante. Una nuvola di lapilli infuocati si levò dal cratere, riversandosi come una pioggia di fuoco sulle pendici del vulcano.

«Presto, ragazzi!» esclamò Alvin, riprendendosi per primo. «Carichiamo le ultime cose e prepariamoci all'imbarco. Non abbiamo molto tempo!»

Florian e Lennie si affrettarono a radunare le casse dei materiali rimasti, mentre Markus, profondamente impressionato da quel terribile spettacolo, iniziò a correre verso la loro imbarcazione.

«Markus, torna indietro!» gli gridò Alvin.

Ma il giovane non lo ascoltò e continuò a correre verso la riva del mare.

Jim era rimasto come inebetito a fissare il fiume incandescente che si riversava inesorabile sull'isola. Poi, improvvisamente, uscì da quello stato di trance. Il suo primo pensiero fu per Steven. Dov'era? Ancora sulla barca? Oppure era tornato sull'isola? I suoi incubi più orribili si stavano trasformando in realtà davanti ai suoi occhi. La lava mortale era lì, minacciosa e micidiale, pronta a travolgere ogni cosa, anche Steven.

«No!» gridò. «No!» E, preso dal disperato desiderio di rivederlo e dal terrore che fosse ormai troppo tardi, si lanciò nuovamente lungo il sentiero.

«Jim!» urlò lo zio, «Jim dove vai? Sei impazzito? Torna indietro!» continuò, tentando di raggiungerlo.

Ma l'ansia gli metteva le ali ai piedi, impedendogli di pensare al pericolo che correva. In quel momento, per lui, contava solo ritrovare Steven.

Lo zio continuava a chiamarlo, seguendolo lungo il sentiero. Improvvisamente, vi fu uno schianto tremendo e assordante: un grosso albero era caduto proprio in mezzo al sentiero, impedendo ad Alvin di seguire il nipote.

Jim non se ne rese neppure conto, tanto era preso dalla sua ansia di correre alla ricerca di Steven. Continuava ad avanzare alla cieca, non riuscendo quasi più a respirare, tale era la cortina di fumo che si era creata. Un altro spaventoso boato scosse l'isola, un nuovo fiume di lava prese a scorrere lungo le pendici del vulcano. Jim se ne accorse e per un attimo si arrestò. Appena in tempo: la lava incandescente attraversò il sentiero pochi metri più avanti, impedendogli di proseguire. Per la prima volta si rese conto della pazzia che aveva fatto gettandosi così alla cieca alla ricerca di Steven.

Il sentiero non esisteva quasi più e le scosse e i boati si susseguivano a un ritmo incessante.

Colto dal panico, Jim si voltò per tornare sui suoi passi e iniziò di nuovo a correre in mezzo a quell'inferno.

L'aria si era fatta sempre più irrespirabile e gli occhi gli bruciavano a causa del fumo, le lacrime gli appannavano la vista, impedendogli di vedere bene e la grossa radice di un albero sradicato che sporgeva dal terreno gli si parò davanti all'improvviso. Jim inciampò e cadde al suolo, avvertendo immediatamente una fitta dolorosa alla caviglia.

Tentò disperatamente di rialzarsi, senza riuscirvi. Provò a chiamare aiuto, pur sapendo che era del tutto inutile, non c'è l'avrebbe fatta, non ci sarebbe stato Steven a salvarlo com'era già successo, era solo con il suo destino.

Il dolore si fece sempre più acuto e il fumo denso e acre che gli toglieva il respiro infine ebbero ragione di lui e, dopo un ultimo debole tentativo di rialzarsi, scivolò a terra privo di sensi.

Non molto distante da lui, Steven l'aveva scorto mentre avanzava alla cieca lungo il sentiero. Rendendosi conto del grave pericolo che stava correndo, si era lanciato al suo inseguimento in quell'inferno di lava e lapilli.

Stava quasi per raggiungerlo quando una colata di lava gli tagliò la strada. Non gli restava altra via per raggiungere Jim che passare per la spiaggia, risalendo poi la scogliera. Iniziò a correre disperatamente, sapeva perfettamente che presto la lava avrebbe raggiunto il ragazzo, era solo questione di minuti. Velocemente, arrivò alla scogliera e iniziò la scalata. Il calore si faceva sempre più insopportabile e il fumo gli annebbiava la vista, fortunatamente la salita si rivelò molto più facile di quanto non fosse sembrata dalla spiaggia.

Cercò di tenere un'andatura costante, preoccupato di non riuscire ad arrivare in tempo. Per la seconda volta dovette rendersi conto della profondità dei suoi sentimenti per Jim, per il suo piccolo, coraggioso, pazzo Jim. Cosa avrebbe fatto se non fosse arrivato in tempo? Affrettò il passo. Non voleva prendere in considerazione una simile eventualità, non poteva non salvarlo. Giunse in cima alla scogliera, vide a pochi metri il corpo inerme di Jim steso a terra avvolto da una cortina di fumo. Corse verso di lui e si chinò per controllare che fosse vivo.

«Jim,» lo chiamò. «Jim!»

Il giovane non rispose. Steven, dopo averlo preso in braccio, si rese conto che respirava a fatica. Preoccupato, si guardò intorno per cercare una via d'uscita da quell'inferno.

Boati terribili risuonavano nell'aria e loro erano circondati da fiumi di lava incandescente. L'unica via di salvezza restava di nuovo la scogliera. Steven non ebbe esitazioni e, tenendo Jim stretto a sé, iniziò la discesa.

Stanco ed estenuato, riuscì a raggiungere la riva, ma il pericolo non era ancora scongiurato. Dovevano arrivare alla spiaggia vicino al campo, solo allora avrebbero trovato la salvezza.

Steven correva, lottando strenuamente contro la stanchezza. D'un tratto Jim riprese i sensi.

«Steven,» mormorò, «Steven...»

Steven si fermò un attimo. «Stai bene?» gli chiese guardandolo dolcemente negli occhi.

«Sì,» rispose Jim, «mettimi giù, posso provare a camminare da solo,» continuò, ma Steven riprese a correre senza dargli ascolto.

«Stringiti a me,» gli disse, «non abbiamo più molto tempo.»

Finalmente giunsero in vista degli altri. Alvin li aspettava a riva sul piccolo gommone. Tutti gli altri erano già sulla barca, al largo.

«Presto correte!» urlò Alvin, scorgendoli in lontananza. «Corri Steven, una nuova colata sta per tagliarvi la strada. Corri! Corri!»

Fu questione di un attimo...

Pochi secondi, ma Steven e Jim erano in salvo.

La distesa d'acqua cristallina che circondava l'isola appariva stranamente tranquilla rispetto all'eruzione che continuava a infuriare sulla terraferma. Il vulcano si stagliava sullo sfondo del cielo, maestoso e terribile, circondato da un'aureola fiammeggiante di lapilli.

La barca scivolava lentamente sull'acqua, lasciandosi alle spalle una sottile scia di schiuma.

Steven e Jim, seduti uno accanto all'altro, contemplavano in silenzio quello spettacolo unico. Il braccio di Steven circondava le spalle del giovane in un gesto tenero e possessivo al tempo stesso. La testa di Jim riposava sulla spalla del compagno, porto sicuro dopo tante emozioni.

«E pensare che ho sempre sognato una vita avventurosa,» mormorò Jim accompagnando le parole con un sorriso. «Devo dire che, per questa volta, sono stato accontentato.»

«Certo,» rispose Steven, fissandolo con uno sguardo carico di promesse. «Anche troppo, direi.»

Jim si strinse a lui, rabbrividendo al ricordo degli ultimi avvenimenti.

«Steven...» cominciò poi con voce incerta.

«Sì?» Gli occhi azzurri si persero nei suoi.

«Steven, e ora?» Jim non riuscì a continuare, aveva paura che la sua felicità fosse solo un bel sogno che si sarebbe presto infranto.

L'altro gli sorrise maliziosamente. «Temo di aver dimenticato di dirti una cosa importante, Jim,» gli sussurrò accarezzandogli dolcemente i capelli, «sai,» continuò, «con tutto quel trambusto.»

Jim lo fissò in trepidante attesa.

«Sì,» ripeté Steven, «credo proprio di essermi dimenticato di dirti che ti amo, Jim.»

Il bacio che si scambiarono fugò gli ultimi dubbi di Jim permettendogli di assaporare fino in fondo la gioia che provava stretto fra le braccia di Steven.

FINE

Ringraziamenti

DEBORAH TESSARI, praticamente il mio braccio destro, sempre pronta a darmi una mano e a rendersi disponibile. Devo moltissimo a lei per il suo lavoro e il suo impegno. L'adoro.

CONSUELO BAVIERA, che ha creato una bellissima copertina. Anche l'occhio vuole la sua parte. Lei rende belli i libri prima di essere letti. Per me è una delle migliori. Una persona seria che gode della mia stima.

Un ringraziamento particolare a ILENIA NANNI per la sua collaborazione.

Un ringraziamento anche a te, lettore, per aver seguito e letto questo mio secondo romanzo.

L'Autore

David Mars, scrittore toscano, vive a Pisa. Nonostante la giovane età ha alle spalle una proficua attività. Ancora ragazzo ha pubblicato un articolo su *Bella*, seguito da moltissime poesie pubblicate su Intimità. Per *Bella* ha continuato a scrivere piccoli racconti. Alcuni suoi racconti sono apparsi su *Il Vittorioso*, una rivista per ragazzi. Ha scritto per la rivista locale *Vita Nova*, e per *Il Tirreno* ha pubblicato articoli sportivi sul calcio giovanile. Il suo primo libro *Tra le pagine del mio cuore* è stato pubblicato a sedici anni e su Efp ha avuto 36.000 lettori con oltre 600 recensioni. Attualmente scrive storie d'amore che pubblica su AMAZON: romanzi romantici per la felicità delle sue lettrici.

A diciotto anni buttato fuori casa ha conosciuto la fame. Il suo problema era andare a rubare qualche mela, anche marcia e dove appoggiare la testa per il giusto riposo. Con forza e coraggio è riuscito a realizzare i suoi sogni e progetti.

Ragazzo buono e generoso, mai una polemica, sempre contento per i successi dei suoi colleghi. Si è guadagnato la simpatia e la stima di moltissimi lettori.

Coltiva molti hobby, fra cui la fotografia, il pianoforte, ama viaggiare e cucinare. Con il suo camper ha girato tutta l'Italia compreso le due grandi isole, e soprattutto mezza Europa. Raccoglie le sabbie, ha centinaia di sabbie di tutto il mondo.

Questo libro prende il cuore. Romantico, erotico, MM. Un libro simpatico, travolgente, ricco di colpi di scena. Libro inedito.

Buona lettura

WLADIMIR

Dello stesso autore
Io, lui, il camper e Pitagora

«Se amare significa vivere, può anche significare morire.»

È questa la terribile esperienza che è costretto a fare Enrico, moderno e disinibito (ma non troppo). Per sfuggire all'idea di un matrimonio che non sente, entra in contatto con un ambiente ostile e violento. Vi troverà l'amore, è vero, ma amore e morte sono fratello e sorella, come dice il poeta.

Soltanto un miracolo può salvarlo e il miracolo, a detta dei suoi stessi persecutori, avviene all'ultimo istante. Ne saranno felici non solo lui ma anche Ettore e ancor di più

Pitagora, il loro cane bastardo che in fin dei conti è il più simpatico.

Storia simpatica di odio, violenza ma anche di tanto amore.

Una calda emozione

Joel Faulkner non può essere una guardia del corpo con quel fisico mingherlino e quella strana goffaggine.

È quello che deve aver pensato anche Miles Donald, architetto di grido, dopo aver ricevuto non tanto velate minacce da oscuri malviventi. Miles non ha esitato a dubitare delle capacità del giovane Joel deridendolo in modo oltremodo offensivo, ma quando le minacce sono rivolte anche a suo figlio, Miles è costretto ad accettare la protezione di Joel e a portarlo con sé alle Mauritius.

Joel Faulkner è bravo nel suo lavoro ma Miles gli ha proprio fatto passare la voglia di fargli da guardia del corpo. Per fortuna quello sarà il suo ultimo lavoro e poi potrà dedicarsi completamente alla pittura, la sua passione segreta.

La forzata convivenza e un bambino in pericolo riusciranno a convincere i due uomini ad appianare le loro divergenze e risolvere il mistero delle minacce?

Il ragazzo venuto dal mare

Dall'alto della scogliera a picco sul mare, Robert fissa la schiuma bianca delle onde che laggiù, in basso, gorgogliano rumoreggiando, rivede la giovane donna riversa sulla riva, i lunghi capelli neri sparsi sulle rocce… Poi si rivolge all'uomo ritto accanto a lui «Accetto» dice.

Un patto assurdo, difficile da mantenere, che presto si rivela basato sul mistero. Perché Brian non parla mai del suo passato? Perché si interessa tanto di Lady Ruth? Qual è il motivo dei suoi lunghi viaggi? Perché si innamora di Robert, un ragazzo appena di diciotto anni?

La soluzione dell'aggrovigliato intrigo risulta avvincente per il lettore che seguirà con appassionato interesse le scoperte di Robert…

www.ingramcontent.com/pod-product-compliance
Ingram Content Group UK Ltd.
Pitfield, Milton Keynes, MK11 3LW, UK
UKHW021700190726
13853UKWH00001B/372